Friedrich von Weech

Badische Biographien

Friedrich von Weech

Badische Biographien

ISBN/EAN: 9783743641747

Hergestellt in Europa, USA, Kanada, Australien, Japan

Cover: Foto ©Raphael Reischuk / pixelio.de

Weitere Bücher finden Sie auf **www.hansebooks.com**

Artur v. Horn

wurde als Sohn eines preußischen Oberstleutnants am 19. Juli 1819 in
Neu-Ruppin geboren. Im Kadettenkorps erzogen, wurde er 1836 Port-
epeefähnrich, 1837 Sekondleutnant im Leibgrenadierregiment Nr. 8.
Die Langsamkeit des Vorrückens unter den damaligen Verhältnissen
hemmte auch ihn: erst 1852 wurde er zum Premierleutnant, 1856 zum
Hauptmann befördert. Sein ernstes Streben, seine früh hervortretende
Tüchtigkeit lenkten die Aufmerksamkeit der Vorgesetzten auf ihn, und so
wurde er 1841—1844 zur allgemeinen Kriegsschule kommandiert. Von
1844—1847 war er Erzieher und Lehrer beim Kadettenkorps, von
1849—1852 gehörte er der trigonometrischen Abteilung an. Besonders
bedeutsam wurde für seine Entwicklung, daß er von 1854—1856 zur
Erlernung der französischen Sprache nach Paris abkommandiert war.
Dieser längere Aufenthalt in der Weltstadt während einer politisch und
militärisch ereignisvollen Zeit gewährte ihm reiche Anregung und Be-
lehrung und bot ihm auch die gerne benützte Gelegenheit, seinen vielseitigen Interessen für Wissenschaft und Kunst nachzugehen. Im Jahre
1858 wurde er als Hauptmann zum 3. westfälischen Infanterieregiment
Nr. 16 versetzt, 1864 zum Major und bald darauf zum Kommandeur
des Füsilierbataillons ernannt. Als solcher machte er den Feldzug von
1866 bei der Elbarmee mit. Sein Bataillon nahm ruhmreichen Anteil
an der Schlacht von Königgrätz, wo es unter seinem tapfern und um-
sichtigen Führer, dem das Pferd unter dem Leibe getötet wurde, bei
Problus einen mit weit überlegenen Kräften ausgeführten Angriff der
Österreicher und Sachsen erfolgreich zurückschlug.[1] Als Anerkennung
für diese Waffentat erhielt v. Horn den Roten Adlerorden mit Schwertern.
Bei dem großen Kriege gegen Frankreich war es v. Horn, der 1868
zum Oberstleutnant befördert und dann auf sein Ansuchen zur Disposition gestellt worden war, nicht vergönnt, mit ins Feld zu ziehen, er
wurde aber zum Kommandeur eines Landwehrbesatzungsregiments in
Köln ernannt. Nach Beendigung des Krieges wurde er unter Verleihung des Charakters als Oberst wieder zur Disposition gestellt. Von
1872—1875 war er Landwehrbezirkskommandeur in Rastatt, von 1875
bis 1885, in welchem Jahre er seinen Abschied nahm, bekleidete er das

---

[1] Geschichte des Infanterie-Regiments Nr. 16 S. 230 ff.; vgl. Feldzug
von 1866, redigiert vom Gr. Generalstab, S. 369 ff.

Landwehrbezirkskommando in Heidelberg, wo er sich bald heimisch fühlte.
In diese Zeit fiel die Verlegung des 2. Bataillons des Grenadier-
regiments Kaiser Wilhelm Nr. 110 nach Heidelberg, und er war der
rechte Mann, um das beste Verhältnis zwischen der Garnison und der
Stadt und Hochschule herzustellen. v. Horn war eine vornehme, ritter-
liche Natur, ein vollendeter Ehrenmann ohne Furcht und Tadel, hoch-
gebildet, von einem warmen, lebendigen Interesse für alles Ideale erfüllt.
Sein selbständiger, zuverlässiger Charakter erwarb ihm das allgemeine
Vertrauen, seine aus einem zart und tief empfindenden Gemüt kommende
Liebenswürdigkeit gewann ihm die Herzen aller, die zu ihm in nähere
Beziehungen traten. Die Stadt Heidelberg ernannte ihn zum Ehrenbürger, von den Lehrern der Hochschule wurden viele seine treuen
Freunde. Für seine zahlreichen Verehrer war es eine besondere Freude,
als sich beim Universitätsjubiläum von 1886 die Kunde verbreitete,
daß ihm der Charakter als General verliehen worden sei. Das von
ihm erbaute Haus, worin neben ihm seine an Geist und Charakter ihm
völlig ebenbürtige Gemahlin, eine geborene v. Wißmann waltete, war
eine Stätte schönster Gastfreundschaft und edler von dem gewöhnlichen
Tagestreiben abgewandter Geselligkeit, die jeder Teilnehmer innerlich be-
reichert verlassen konnte. Ein reger Sinn für die Wissenschaft hat
v. Horn durch sein ganzes Leben begleitet. Schon als junger Offizier
hatte er in Berlin sich an einer wissenschaftlichen Vereinigung eifrig
beteiligt, in Heidelberg hatte ihm der historisch-philosophische Verein
belehrende und fesselnde Vorträge über kriegswissenschaftliche Gegenstände
und über den großen Geographen Karl Ritter zu verdanken. Auch als
Schriftsteller hat sich v. Horn hohe Verdienste erworben: er hat in
mustergültiger Weise die denkwürdige Geschichte des Infanterie-Leib-
regiments, dem er so lange angehörte, geschildert und für die Mitteilungen des Heidelberger Schloßvereins einen sehr lehrreichen Aufsatz
über die Befestigungen des Heidelberger Schlosses verfaßt. Lange war
v. Horn eine wahrhaft jugendliche Frische des Körpers und des Geistes
erhalten geblieben. Die in den letzten Jahren allmählich hervortretenden
Beschwerden ertrug er mit gelassenem Gleichmut, bis am 6. Juni 1893
der Tod diesem edeln Leben ein Ziel setzte.   Buhl.

Hermann Freiherr von Hornstein-Hohenstoffeln-Binningen

wurde am 8. Oktober 1843 als der Sohn des Freiherrn Johann Nepomuk von Hornstein und dessen Gemahlin Jourdaine Maria geb. Gräfin Montmorency-Morres zu Binningen im Amt Engen geboren. Einem schwäbischen, seit dem 16. Jahrhundert auch. im Hegau angesessenen alten Adelsgeschlechte angehörend, verbrachte er die Jugendjahre bis zum Besuche des Gymnasiums in Konstanz im elterlichen Hause auf dem Lande. Unter dem Einflusse seines an der Wohlfahrt der bäuerlichen Bevölkerung tätigen Anteil nehmenden Vaters, welcher in der eigenen Bewirtschaftung eines Teils seines Grundbesitzes gründliche Kenntnis der Landwirtschaft und ihrer Bedürfnisse sich erworben hatte, entwickelte sich in dem Knaben schon früh Liebe und Interesse für die ländliche Bevölkerung, während er zugleich durch die verwandtschaftlichen Beziehungen seiner hochgebildeten Mutter von den politischen und wirtschaftlichen Schicksalen Irlands und Englands zu hören manche Gelegenheit hatte. Nach Absolvierung des Gymnasiums in Konstanz bereitete er sich in der Absicht, bereinst die Güter seines Vaters zu übernehmen, durch gewissenhafte Universitätsstudien, von denen sehr eingehende Aufzeichnungen Zeugnis geben und von denen er manche besonders auf dem Gebiete der Nationalökonomie während seines ganzen Lebens fortsetzte, mit der ihm eigenen Energie gründlich vor. Auf den Hochschulen zu Graz, Freiburg und Heidelberg folgte er juristischen und philosophischen Vorlesungen und sammelte sich auf der landwirtschaftlichen Akademie Hohenheim theoretische und praktische Kenntnisse seines Berufes. Er verstand es, auf größeren Reisen in England, Frankreich, Holland und Österreich die landwirtschaftlichen Verhältnisse dieser Länder gründlich kennen zu lernen und die Grundsätze wohlgeführter Betriebe, soweit solche mit den heimischen ähnliche Wirtschaftsbedingungen hatten, sich zu eigen zu machen. Nachdem Hermann von Hornstein noch in der fürstlich hohenzollernschen Forstverwaltung in Sigmaringen praktiziert hatte, rief die beginnende Kränklichkeit seines Vaters den Sohn nach Hause. Von da an hat sich Hermann v. Hornstein bis an sein Lebensende bauernd der praktischen Ausübung der Landwirtschaft gewidmet. Im September 1870 erfolgte seine Vermählung mit Maria Freiin von Hornstein-Bußmannshausen. Aus dieser Ehe sind 9 Kinder entsprossen, von denen ein Söhnchen im Alter von 4 Jahren starb. In den ersten Jahren nach Übernahme der Güter bildete deren rationelle Bewirtschaftung und

Entwicklung den Gegenstand angestrengter und zum Teil durch un-
günstige Umstände erschwerter Arbeit. Sein umfassendes theoretisches
Wissen wie eine glückliche praktische Veranlagung ermöglichten es von
Hornstein bald, durch das Beispiel eigenen Erfolges, wie durch die
Bereitwilligkeit durch Rat und Tat zu helfen, auf die Arbeit der
kleineren Landwirte der Heimatsgemeinde und der umliegenden Ortschaften
bei vielen Gelegenheiten fördernd einzuwirken. Ein Edelmann vom Scheitel
bis zur Sohle und stolz auf die Jahrhunderte lange mit der Heimat
verknüpfte Geschichte seiner Familie, betrachtete er es als eine Pflicht, die
er sein ganzes Leben zu erfüllen bestrebt war, seine Kenntnisse in den
Dienst insbesondere derjenigen Volkskreise zu stellen, mit denen er
durch seine Stellung und seinen Beruf in enger Berührung war, mit der
Landbevölkerung. Trotz der größten Einfachheit in seiner persönlichen
Lebensweise und der seiner Familie hat er bei wiederholten Gelegenheiten nicht gezögert, auch empfindliche finanzielle Opfer in seiner öffentlichen Tätigkeit zu bringen. Zu einer Zeit als die badische, zum
überwiegenden Teil aus kleinen Betrieben bestehende Landwirtschaft sich
des Genossenschaftswesens noch kaum bediente, gründete er in Binningen
eine Molkereigenossenschaft, deren Wirkung bald zahlreiche Nachahmer
in der Gegend fand. Auf seinen Vorschlag bildete sich in der Gemeinde
eine Viehversicherung auf Gegenseitigkeit, welche, solange eine allgemeine
Viehversicherung noch nicht bestand, dem kleinen Viehbesitzer fühlbare
Hilfe brachte. Er führte ferner die Abhaltung von Molkereischulkursen
herbei, um hierdurch eine rationelle Behandlung und Verwertung der
Milch auch in kleinen Wirtschaftsbetrieben herbeizuführen. Es bildete
sich unter seiner Mitwirkung eine Reihe landwirtschaftlicher Konsum-
vereine. Diese Bestrebungen hatten Freiherrn von Hornstein dazu
geführt, an der Entwicklung des landwirtschaftlichen Bezirksvereins, den
sein Vater 1832 gegründet hatte, Anteil zu nehmen und für die Veranstaltungen zur Hebung der Landwirtschaft des badischen Oberlandes
zu wirken. Durch das Studium ausländischer Verhältnisse und besonders
auch durch den regen persönlichen und geschäftlichen Verkehr mit der an
den Bezirk Engen angrenzenden Schweiz, deren politische, wie wirtschaftliche Verhältnisse er sehr genau kannte, für eine möglichst umfassende
Selbstverwaltnng der Gemeinden und Kreise eingenommen, hat Freiherr
von Hornstein seiner Anschauung hierüber zum ersten Male vor einem
weiteren Kreise Ausdruck gegeben in einer Broschüre „Die Ursachen
der gegenwärtigen Lage der Landwirtschaft und über die Mittel zur

Verbesserung derselben" im Dezember 1882. Als Mitglied der Kreis-
versammlung des Kreises Konstanz hat er bis an sein Lebensende
deren Aufgaben mit Vorliebe sein Interesse zugewandt und von 1884
bis 1890 als Mitglied des Finanzausschusses, von 1891 an als
Mitglied des Sonderausschusses für Hagelversicherung und im Kreis-
ausschusse gewirkt. 1883 wurde er von den Grundherren oberhalb
der Murg in die Erste badische Kammer gewählt. Von streng
monarchischer Gesinnung und ein überzeugungstreuer Katholik, hatte er
sich nie gescheut, seinen Grundsätzen Ausdruck zu geben; doch widerstrebte
ihm persönlich jede parteipolitische Wirksamkeit. In der Verhandlung der
Ersten badischen Kammer am 26. Mai 1886 bei Beratung des Gesetzentwurfs über Änderung einiger gesetzlicher Bestimmungen über die
rechtliche Stellung der Kirchen und kirchlichen Vereine im Staate gab
er seiner Denkweise in folgendem Sinne Ausdruck: er habe bisher
überhaupt öffentlichen Verhandlungen über religiöse und kirchenpolitische
Dinge vollständig ferngestanden, und es sei heute zum ersten Male,
daß er zu einer kirchlichen Frage öffentlich Stellung nehme. Er habe
sich bisher auf volkswirtschaftliche und landwirtschaftliche Fragen be-
schränkt, er spreche ungern auch nur ein einziges Mal über den heute
vorliegenden Gegenstand. Es wäre jedoch Feigheit, heute zu schweigen.
Als Katholik habe er von jeher den Grundsatz befolgt, sich nie in die
Angelegenheiten der evangelischen Kirche zu mischen und, wenn er durch
seine Pflicht einmal gezwungen werde, so habe er sich vorgenommen, mit
denjenigen zu stimmen, welche der evangelischen Kirche das bewilligen wollen,
was die evangelische Kirche zu bedürfen glaube. Da Hornstein eine
öffentliche Tätigkeit eigentlich nur auf dem Gebiete der Volkswirtschaft
und der Landwirtschaft hatte widmen wollen, wurde ihm der Entschluß
weiter in das parlamentarische Leben einzutreten schwer, als er die ihm
seitens der Zentrumspartei angebotene Kandidatur im 2. badischen Reichs-
tags-Wahlkreise 1884 annahm. Er ließ sich hiebei von der Erwartung be-
stimmen, denjenigen Volksinteressen, deren Wahrung er sich seit Jahren
zur Aufgabe gestellt hatte, dienlich sein zu können, trat jedoch niemals
in sämtlichen Fragen einer Partei bei. Bei den Verhandlungen des
deutschen Reichstags 1885 über den Gesetzentwurf betr. die Abänderung
des Zolltarifgesetzes vom 15. Juli 1879 erregten seine Kenntnisse auf
dem der Beratung zugrunde liegenden Gebiete Aufsehen. In gleicher
Weise nahm er bei Beratung des von dem Abgeordneten Anspach und
Genossen eingebrachten Gesetzentwurfs betreffend Abänderung des Zoll-

tarifgesetzes vom 15. Juli 1879 und 28. Juni 1882, ferner an den Zolltarifverhandlungen im Jahre 1891, und so oft Fragen, welche die Landwirtschaft treibende Bevölkerung und auch die in einigen Bezirken seines Wahlkreises heimische Industrie berührten, zur Verhandlung des Reichstags kamen, mit besonderem Eifer teil. Seine rein sachliche Behandlung der wirtschaftlichen Fragen und die unermüdliche Energie, mit welcher von Hornstein seinen Aufgaben als Reichstagsabgeordneter sich hingab, dürfte am besten durch die Tatsache gekennzeichnet werden, daß nach dem heftigen Wahlkampfe im Jahre 1884 von Hornstein im Jahre 1887 wieder mit Einstimmigkeit gewählt wurde. Gleichzeitig hat er in Baden fortgesetzt gearbeitet, und ein wesentlicher Teil der in den badischen Kammern verhandelten Anträge zum Besten der Landwirtschaft wurde von seinem Eintritt in die Kammer an von ihm eingebracht und begründet. Die sich häufenden Geschäfte seiner parlamentarischen wie seiner Tätigkeit als Mitglied des landwirtschaftlichen Bezirks-, Kreis- und Landesvereins, als 2. Präsident der Landeszentralstelle und des badischen Landwirtschaftsrates, als Mitglied des Eisenbahnrates, des Verwaltungsausschusses der Vereinigung der landwirtschaftlichen Genossenschaften zwangen von Hornstein immer mehr, von seiner Heimat fern zu sein. Es war ihm dies bis zum Ende seines Lebens ein empfindliches, fühlbares Opfer. Dies um so mehr, als seine unermüdliche Arbeitskraft und seine geistige Begabung, mit der er auftauchende, namentlich sozialpolitische und landwirtschaftliche Fragen erfaßte, auch im deutschen Landwirtschaftsrate im Verkehr mit den Leitern modern entwickelter, landwirtschaftlicher Betriebe aus anderen deutschen Staaten vielfache Anregung fanden, die Entfernung seines an der Südgrenze Badens gelegenen Grundbesitzes von Karlsruhe und Berlin dem passionierten und ernsten Landwirte die Führung seines Selbstbetriebes aber sehr erschwerte. Es war nach einem an anstrengender Arbeit überreichen Leben, in welchem er in unabhängiger Stellung in erster Linie für die Bedürfnisse der ländlichen Bevölkerung gewirkt und, obwohl keiner Partei angehörend, allmählich Anerkennung und Erfolg gefunden hatte, daß Freiherr von Hornstein, kurz nachdem er im Sommer 1893 für die damals dem Reichstage vorliegende Gesetzesvorlage betreffend die Friedenspräsenzstärke des deutschen Heers eingetreten und gegen die Parteien des Zentrums und Freisinns in den Reichstag gewählt worden war, am 13. Oktober 1893 im fünfzigsten Lebensjahre seiner Familie entrissen wurde.

H. v. Hornstein.

Julius Jolly.

Unter den deutschen Staatsmännern außerhalb Preußens, die in nationaler Politik eine fruchtbare Tätigkeit entfalteten, und die nicht, wie Karl Mathy, vor der Zeit der Erfüllung vom Schauplatz ihres erfolgreichen Wirkens abberufen wurden, sondern ein mächtiges Gemeinwesen selbst noch erstehen sahen, nimmt Julius Jolly unbestritten die erste Stelle ein. Seitdem ihm beschieden war, seinem Fürsten und seinem Lande in einflußreichem Amte zu dienen, betrachtete er es, um seine eigenen Worte, die er in einer seiner früheren juristischen Schriften gebrauchte, hier in etwas erweitertem Sinne anzuführen, als „seine höchste Aufgabe, Hüter und Pfleger des nationalen Rechtsbewußtseins" zu sein.

Jolly stammt aus einer jener Familien, die einst um ihres reformierten Bekenntnisses willen aus Frankreich flüchten mußten und in Deutschland eine neue Heimat fanden. Die Familie Jolly hatte sich in Mannheim niedergelassen, wo sie seit Anfang des 18. Jahrhunderts nachzuweisen ist. Ein Jean Jolly wird 1711 dort genannt, sein Enkel gleichen Namens starb 1785 als Pfarrer in Mannheim. Dessen Sohn, Louis Jolly, der Vater des Ministers, trat zur Zeit, als die Stadt noch pfalz-bayerisch war, in ein kurfürstliches Regiment ein, in dem er es bis zum Hauptmann brachte. Im Jahre 1803 kam Louis Jolly in Garnison nach dem damals eben bayerisch gewordenen Bamberg, woselbst er sich im folgenden Jahre mit Eleonore Alt, der Tochter des dortigen Archivars, vermählte. 1809 nahm er seinen Abschied und kehrte in die Vaterstadt Mannheim zurück. Im Kaufmannsstande, in den er hier eintrat, hatte er es Jahre lang schwer, sich emporzuarbeiten. Erst allmählich besserten sich seine Verhältnisse, gelangte er auch zu verdientem Ansehen. Er wurde Präsident der neugebildeten Handelskammer und im Jahre 1836 Erster Bürgermeister. Als solcher war er noch in der stürmischen Zeit des Jahres 1848 im Amt. Am 21. Februar 1823 wurde ihm als achtes Kind ein Sohn geboren, Julius August Isaak. Das Vaterhaus, in dem mit der Zeit nicht bloß die Spitzen des Kaufmannsstandes, sondern auch angesehene und bekannte Politiker verkehrten, bot dem heranwachsenden Knaben von früh auf reiche Anregung; kluge Einsicht und geistige Selbständigkeit wurden geweckt. Eine für das ganze Leben dauernde, von Jolly bis in die spätesten Jahre dankbar empfundene Einwirkung übte das Mannheimer Lyceum auf ihn, insbesondere die von echter Humanität getragene Unterrichtsweise des Direktors Nüßlin, der,

wie kein zweiter, von der Schönheit und Erhabenheit klassischer, vorzugsweise griechischer Literatur begeistert, diese Begeisterung auf seine
Schüler zu übertragen suchte. Etwas von dem Wirken dieses Lehrers
klingt noch in den Worten nach, die Minister Jolly als Chef des badischen
Unterrichtswesens bei der Einweihung der Aula des Karlsruher Gymnasiums sprach. Er sagte u. a. damals im Jahre 1874: „Die allgemeine Befähigung und Bereitheit des Geistes, sich jedes ihm gebotenen
Stoffes dankend zu bemächtigen, ist das höchste Ziel des Gymnasial-
unterrichts, und ihm ist die ernste Schulung des Geistes zugleich das
Mittel, den Willen, aufgeklärt über die menschlichen Aufgaben, sittlich zu
stählen. Das Gymnasium gewährt eine populäre Übersicht über die
wichtigsten Wissensgebiete, übt den sich entwickelnden jugendlichen Verstand durch die scharfen Aufgaben der Mathematik, es gewährt ihm und
zugleich der ganzen Seele durch das grammatische Studium und die Einführung in die alte klassische Literatur die förderndste und köstlichste
Nahrung, welche nach aller menschlichen Erfahrung für die Entwicklung
dieser edelsten Kräfte gefunden werden kann." Im Jahre 1840 bezog
Jolly die Universität Heidelberg, um sich dem Rechtsstudium zu widmen,
und hörte vorzugsweise Vangerow. Nach vier Semestern ging er nach
Berlin, wo er mit jugendlicher Empfänglichkeit das Leben der großen,
freilich damals noch nicht zur Weltstadt emporgewachsenen preußischen
Residenz auf sich wirken ließ. Aber das ernste Studium steht für ihn,
von dem ein Mitschüler noch aus der Mannheimer Zeit zu sagen wußte,
daß er einen Tag um den andern in allen Fächern gleich sorgfältig
vorbereitet gewesen sei, im Mittelpunkt seiner Tätigkeit. Ganz besonders zog ihn Homeyer an, der in ihm zuerst ein lebhaftes Interesse für
deutsches Recht weckte. In die Heimat schrieb Jolly: „Mein Studium
begeistert mich wahrhaft, ich fühle mich im höchsten Grade glücklich,
wenn ich zu irgendeinem weiteren, vielleicht selbst unbedeutenden Verständnis fortgeschritten bin." Im Jahre 1845 bestand er die Staatsprüfung mit seltener Auszeichnung. Unmittelbar darauf bewarb er sich
mit einer Dissertation „Über das Beweisverfahren nach dem Rechte
des Sachsenspiegels" um die Doktorwürde, die ihm summa cum laude
erteilt wurde. Auf kurze Zeit trat er in dem Stadtamte in Mannheim
in praktischen Dienst. Hier begegnete er zuerst August Lamey, seinem
späteren Chef und Amtsvorgänger im Ministerium des Innern. Doch
stand in ihm bereits der Entschluß fest, sich der akademischen Laufbahn
zu widmen; in Leipzig, in Bonn suchte er Anknüpfung, entschied sich

aber endlich für Heidelberg. Im Winter 1847 auf 48 hielt er daselbst seine erste Vorlesung. Der künftige Staatsmann begann die Arbeit des Gelehrten in einer Zeit, die der stillen Muße nicht besonders günstig war. Allerlei Anzeichen deuteten bereits auf den herannahenden politischen Sturm; außerdem war Heidelberg unter der Einwirkung von Gervinus eine Zeitlang der Mittelpunkt des erwachenden nationalen Lebens. In den Kreis der Männer, die sich um Gervinus scharten, wurde der junge Privatdozent durch seinen älteren Bruder Philipp eingeführt, der längere Zeit schon an der Universität Heidelberg lehrte. Erst allmählich hatte Julius Jolly den politischen Fragen ein Interesse zugewandt, das sich nunmehr durch den Verkehr mit Gervinus, Schlosser, Häusser und andern lebhaft steigerte. Ebenso fest aber erwuchs ihm die Überzeugung, daß die Bestrebungen des Radikalismus, die sich besonders in seiner Vaterstadt geltend machten, zum Verderben führen müßten. Jolly war vorher einmal zu Strube und dessen Freunden in Beziehung gekommen; aber deren Radikalismus, der ihn ohnehin nur leicht berührt hatte, war seinem ganzen Wesen fremd. In Heidelberg ging ihm auch, wie er später seinem Sohne schrieb, das Verständnis für den Segen auf, „welcher in der Zugehörigkeit zu einem großen Staate liegt". Die national gesinnten Männer trafen sich vielfach in dem Hause des Geheimen Rats Fallenstein, eines Veteranen aus der Armee Blüchers. In ihm lernte Jolly einen Mann von stark ausgeprägtem preußischen Staatsgefühl kennen und verehren. Er sollte ihm bald noch in andrer Weise nähertreten. Die Einwirkung Fallensteins und die Erhebung des Jahres 1849, als, wie Jolly später schrieb, „die frivolste Revolution aller Zeiten" Baden verwüstete, bestärkten ihn in der Erkenntnis, daß „ohne große militärische Tradition und machtvoll historische Erinnerungen ein nationales Staatswesen undenkbar ist". Daß die Zukunft Deutschlands nur im engsten Anschluß an Preußen liege, wurde in dieser Zeit Jollys felsenfeste Überzeugung. Als der Aufstand des Jahres 1849 Heidelberg ergriffen hatte, war die Familie Fallenstein wie viele andere Gegner der Erhebung nach Auerbach an der Bergstraße gegangen. Dorthin folgte auch Jolly. Die Erinnerung an diesen Aufenthalt blieb in ihm für das ganze Leben wach. Die Tage gaben ihm die Gewißheit, daß er im Hause des Geheimerats sein Lebensglück gefunden habe. Zu Anfang des Jahres 1851 verlobte er sich mit Elisabeth Fallenstein, Ende 1852 fand die Hochzeit statt. Nach Niederwerfung des Aufstandes nahm er seine Lehrtätigkeit wieder auf, ohne die politischen Fragen aus dem Auge zu

lassen. Aber die Reaktionszeit der 50er Jahre war einem Manne von
Jollys Art wenig günstig. Es kam ja die Periode, in der die Männer
einer maßvollen liberalen und nationalen Gesinnung fast noch mehr ge-
mieden wurden als die Demokraten der tollen Jahre. Jolly hatte
außerdem in dem bekannten Prozeß für Gervinus Partei ergriffen, er
hatte zu den Anhängern der Deutschen Zeitung gehört, dafür blieb er
zehn Jahre lang Privatdozent, erst 1857 wurde er außerordentlicher
Professor. Manche Aussichten auf eine Berufung an eine außerbadische
Universität zeigten sich; aber es glückte nirgends. Und doch hatte er in
diesen Jahren eine Reihe von Arbeiten veröffentlicht, die ihn wohl für
einen ordentlichen Lehrstuhl legitimieren konnten. Auf die Studien, auf
die ihn schon Homeyer hingewiesen hatte, kam er noch einmal zurück; er
schrieb für das Deutsche Staatswörterbuch den Artikel „Eike von Repgow",
eine Arbeit, die durch patriotische Wärme, aber auch durch eindringende
scharfe Beurteilung ausgezeichnet ist. Zahlreicher sind seine Arbeiten aus
dem Gebiete des modernen Handels-, Wechsel- und Urheberrechts. Als
24jähriger junger Mann hatte er eine Monographie über „das Recht der
Aktiengesellschaften" verfaßt, die von den berufensten Kennern geradezu
als bahnbrechend bezeichnet wird. Eine andere Schrift über „Die Lehre
vom Nachdruck" wird von einem Kritiker nach Umfang und Inhalt die
bedeutendste Leistung der einschlägigen deutschen Literatur genannt. Andere
Arbeiten aus dem gleichen Gebiete folgten. Auch die Lehrtätigkeit Jollys
gab ihm allen Anspruch auf eine Professur. Sein Vortrag entbehrte
freilich des äußeren Schmucks. Er war auch hier „nicht auf den Schein",
wie früher einmal Gervinus in einem Empfehlungsschreiben an Dahl-
mann von ihm schrieb. Aber was er vortrug, war klarer Gedankenarbeit entsprungen, scharfsinnig und exakt und darauf berechnet, die
Hörer nicht zum Nachbeten der Worte des Lehrers, sondern zu eigenem
Denken zu erziehen. Der Umschwung, der in der inneren badischen
Politik im Jahre 1860 erfolgte, sollte auch in Jollys Leben eine folgen-
reiche Veränderung herbeiführen und ihn endlich an die Stelle bringen,
zu der er nach Gesinnung, Befähigung und Charakter berufen war.

Das Konkordat, das das Ministerium Meysenbug-Stengel mit dem
römischen Stuhle abgeschlossen hatte, rief im ganzen Großherzogtum eine
ungeheure Aufregung hervor. Zum erstenmal seit dem Ende der
Revolutionszeit regte sich das politische Leben wieder. Die Regierung
glaubte, der Zustimmung der Stände zu dem Vertrag nicht zu bedürfen,
sie legte ihn daher dem Landtage nur zur Kenntnisnahme vor. Die

Zweite Kammer aber richtete mit Dreiviertelmehrheit die Bitte an den Landesherrn, das Konkordat nicht in Wirksamkeit treten zu lassen. Noch ehe die Erste Kammer sich geäußert hatte, beschleunigte das Ministerium selbst seinen Fall. Der Großherzog berief das Ministerium Stabel-Lamey. Aber nicht bloß das Konkordat war beseitigt, mit dem ganzen bisherigen Regierungssystem wurde gebrochen. Das Verlangen nach wahrhaft freisinnigen Reformen und einer nationalen Politik fand in den neuen Männern, denen bald noch Roggenbach und Mathy beitraten, lebhafte Förderung und in der echt konstitutionellen Gesinnung des Landesherrn fürstliche Unterstützung. An Stelle des Konkordats brachte das Ministerium sechs Gesetzentwürfe ein, die das Verhältnis zwischen Staat und Kirche regeln sollten. Der Grundsatz, daß die Kirche in ihren eigentlichen Angelegenheiten volle Selbständigkeit besitze, aber im Staate dem Staate unterworfen sei, war hier im wesentlichen durchgeführt. Diese Vorlagen wurden damals zwar von den freilich nicht sehr zahlreichen Anhängern der Konkordatspolitik aufs lebhafteste bekämpft, als sie Gesetz geworden, von den Organen der katholischen Kirche für unverbindlich erklärt, aber sie haben sich eingelebt und stoßen heute kaum noch auf Widerstand. Jedenfalls hat man sich auch auf gegnerischer Seite mit ihnen abgefunden. Jolly verfolgte die Entwicklung des Kampfes mit gespanntem Interesse, insbesondere hat er den Versuch Lameys, die kirchenpolitische Streitigkeit durch die souveräne Gesetzgebung des Staates beizulegen, mit seinem vollen Beifall begleitet. Er schrieb noch im Jahre 1860 eine Schrift „Die badischen Gesetzentwürfe über die kirchlichen Verhältnisse", in der er mit Befriedigung darlegte, daß „in dem Ganzen der Gesetzentwürfe mit glücklichem Griff die Selbständigkeit und zugleich die entschiedene Unterordnung der Kirchen unter den Staat gleichmäßig bestimmt" seien. Nur wünschte er, daß bei aller Selbständigkeit der christlichen Kirchen ihre Untertanschaft unter den Staat noch schärfer betont und gesichert sei. Daher hatte er gegen Anordnung und Fassung im einzelnen einige Bedenken. Er führte diese in der Schrift näher aus und faßte dann am Schlusse die entwickelten Anschauungen in Gesetzentwürfe zusammen. Ein Exemplar der Schrift sandte Jolly an den Großherzog, der der sorgfältigen Untersuchung Worte der Anerkennung aussprach. In seinem Begleitschreiben an Lamey und Roggenbach erörterte Jolly noch einmal die Gedanken, von denen er sich bei der Abfassung hatte leiten lassen. Es läßt sich nicht leugnen, daß er von seinem Standpunkt aus richtig vorgegangen ist

und einige Punkte schärfer gefaßt hat. Aber wenn er betont, daß für
alle Streitigkeiten zwischen Staat und Kirche die Entscheidung des Richters
anzurufen sei, so haben doch die Bedenken Lameys dagegen auch heute
ihr volles Gewicht. Jeder Prozeß, ob gewonnen oder verloren, schrieb
Lamey, schädige die Regierung; denn unter allen Umständen werde ihr
schon aus dem Prozeß selbst ein Vorwurf gemacht. Aber weiter. Jolly
schlug z. B. vor, daß jede Übertragung eines Amtes, Dienstes, einer
Pfründe, die unter Verletzung der staatlichen Erfordernisse (Staatsbürger-
recht, Unbescholtenheit, allgemeine wissenschaftliche Bildung u. s. f.) erfolge, nichtig sei, und daß der Kirchenbeamte, von dem die Übertragung
ausgehe, und derjenige, der sie annehme, mit Gefängnis von vier bis
sechs Monaten zu bestrafen sei. Man hat später innerhalb und außerhalb Badens erfahren, bis zu welcher Gluthitze der Streit gedieh, als
Priester mit Strafe für Amtshandlungen belegt wurden, deren Ausübung
die große Mehrheit der Gläubigen nicht bloß für berechtigt, sondern
durch heilige Verpflichtung für geboten hielt. In richtiger und staatsmännischer Erkenntnis hat Lamey diese Entwicklung vorausgesehen und
ihr vorzubeugen gesucht. Theoretisch erkannte er die Einwürfe Jollys
als zutreffend an; aber das Regieren, sagte er, sei eine Kunst, keine
Wissenschaft. Der Theoretiker möge immerhin manches als inkonsequent
bezeichnen, wenn es sich nur in der Praxis bewähre. Darum wollte der
Minister die Hand nicht ganz aus den kirchlichen Dingen entfernen,
auch nicht durch das Strafgesetzbuch wirken. Hier tritt doch auch die
Verschiedenheit der beiden Männer zutage. In juristischer Schärfe, in
logisch strenger Gedankenarbeit war Jolly dem Minister zweifellos über-
legen; aber er hatte doch so gut wie niemals Gelegenheit, sich im praktischen Dienste in Fühlen und Wollen des Volkes einzuleben. Wie
ständen vollends heute die Dinge, wenn der dritte Zusatz zum Strafgesetzbuch, den Jolly machte, eingeführt worden wäre? Er lautete: „Der
Diener einer Kirche, welcher in Mißbrauch seiner dienstlichen Stellung
von den Angehörigen einer anderen Kirche sich das Versprechen geben
läßt, die aus einer abzuschließenden Ehe der letzteren erwarteten Kinder
sollten in der Kirche des ersten erzogen werden, wird mit Gefängnis-
strafen von ein bis drei Monaten, bei einer Wiederholung, oder wenn
er das Versprechen sich eidlich bekräftigen ließ, überdies mit Dienst-
entlassung bestraft." In einer andern Ausstellung hatte freilich Jolly
völlig Recht, und die Erfahrung hat seine Ansicht bestätigt. Er ver-
wirft die sogenannte Notcivilehe, die die Gesetze Lameys brachten. „Einer

Gesetzgebung", sagte er, „welche der Kirche Freiheit für ihre Verhältnisse zugesteht, aber in Untertänigkeit unter den Staat, fehlt der Lebens-
nerv entschlossener Konsequenz, wenn sie vor der obligatorischen Civilehe zurückscheut." „Verkehrt und verderblich" nennt er den Rechtssatz,
welcher die kirchliche Trauung als notwendig zur Ehe fordert, er ist
aber gewiß, daß die kirchliche Einsegnung mit ganz verschwindenden
Ausnahmen aus freier Überzeugung immer gesucht werden würde. Er
beruft sich auf das Beispiel Frankreichs, des linken Rheinufers. Im
übrigen Deutschland wurde bekanntlich die gleiche Erfahrung gemacht.
Grundsätzlich waren immerhin, wie man sieht, die beiden Männer doch
nicht so weit voneinander entfernt. Daher konnte Lamey auch ohne
weiteres die Widerlegung der Denkschrift, die die Kurie veröffentlicht
hatte, Jolly überlassen. Aber auch im Mittelpunkt der Regierung war
infolge der durchgreifenden Umgestaltung, die das ganze badische Staatswesen damals erfuhr, eine Kraft wie Jolly höchst willkommen. Roggenbach empfahl ihn längst; mit Lamey verband ihn trotz der Verschiedenheit der Charaktere alte Freundschaft; der Großherzog endlich hatte seine
Kenntnisse und seine Gesinnung durch die letzte Schrift schätzen gelernt.
So wurde denn Jolly im April des Jahres 1861 zum Regierungsrat
im Ministerium des Innern, 1862 zum Ministerialrat ernannt. Er
wuchs sehr schnell über die amtliche Stellung hinaus. Die Universität
Heidelberg, der er doch nie als ordentliches Mitglied angehört hatte,
wählte ihn zu ihrem Vertreter in der Ersten Kammer. Auf dem Fürsten-
tag in Frankfurt aber hatte er zum erstenmal Gelegenheit, in einem
wichtigen Augenblick seine Arbeitskraft in den Dienst der nationalen
Politik zu stellen, freilich mehr, um zu verhindern, als um aufzubauen.
Aber auch das war in jenen verworrenen Verhältnissen nicht zu unter-
schätzen. Man weiß, daß in der erlauchten Versammlung allein der
Großherzog von Baden die Unzulänglichkeit der österreichischen Vorschläge
erörterte, die Unmöglichkeit betonte, ohne oder gar gegen Preußen die
Lösung der deutschen Frage zu versuchen. Jolly hatte in vertraulichen
Briefen, ehe er nach Frankfurt kam, diese neue Phase der Wiener Politik
als ein Schmerlingsches Taschenspielerstückchen bezeichnet, woraus, wie zu
hoffen sei, eine große Lächerlichkeit entspringen werde. Begreiflich ist,
daß der im wesentlichen gleichgesinnte Roggenbach ihn zu seiner Unterstützung nach Frankfurt berief. Dort hatte dann auch Jolly Tag und
Nacht zu arbeiten, da nicht bloß der Großherzog, sondern auch Roggenbach durch andere Verpflichtungen in Anspruch genommen waren. Man

darf annehmen, daß insbesondere die letzte Erklärung des Großherzogs, die die Errichtung eines Bundesdirektoriums verwarf, für alle wichtigen Bundesbeschlüsse ein vorgängiges Einverständnis der beiden Großmächte verlangte, eine bloß aus Delegierten gebildete deutsche Volksvertretung abwies, der Feder Jollys entsprungen war. Auf Grund dieser Erklärung stimmte dann auch der Großherzog gegen den ganzen österreichischen Entwurf. Frühe erkannte Jolly die Bedeutung des sich zuspitzenden Konflikts zwischen Preußen und Österreich in voller Klarheit. Er sah, daß es sich dabei nicht mehr bloß um den Besitz von Schleswig-Holstein handelte. „Die Bundesverfassung", schrieb er im Frühjahr 1866, „tat gut, solange sich Preußen einfach von Österreich ins Schlepptau nehmen ließ. Da nur einer, nicht zugleich zwei regieren können, wird mit dem Schwerte entschieden werden, wem schließlich die erste Rolle in Deutschland zufallen soll, ob Österreich oder Preußen." Er beklagt aber auch da schon, wenn Baden gezwungen werden sollte, an der Seite Österreichs und der Mittelstaaten gegen Preußen aufzutreten. Auch in seiner Ansicht über Bismarck vollzieht sich in dieser Zeit ein Umschwung. In der Ersten Kammer unterstützt er den Antrag Bluntschli, daß Baden, wenn es nicht gelingen sollte, den Frieden zu erhalten, neutral bleiben müsse. In der Rede, mit der er für den Antrag eintritt, mißbilligt er zwar noch das Verhalten Bismarcks in der Schleswig-Holsteinschen Frage, aber über die Gesamtpolitik des Ministers äußert er sich doch: „Ich beginne mit dem Bekenntnis, daß ich mit vielen Tausenden in Deutschland mich über diesen Mann lange Zeit sehr getäuscht habe. Mir scheint, daß er ein Mann von ganz eminenter Begabung, von einer ebenso seltenen als schätzenswerten Willenskraft ist. Ich halte ihn für einen großen Patrioten, der mit unbedingtester Hingebung für die Größe seines Staates arbeitet, und für mich wenigstens ist die Macht Preußens von der Größe Deutschlands nicht getrennt zu denken." In letzter Stunde aber, als der badische Kriegsminister einen außerordentlichen Militärkredit verlangte, trat Jolly noch einmal mit der ganzen Wucht seiner Überzeugung für die Neutralität Badens ein. Schwerlich wurde an einer anderen Stelle in Deutschland die Bedeutung der heraufziehenden Ereignisse mit größerer Klarheit dargelegt, wurde dem nationalen Gedanken mit stärkerem patriotischen Feuer Ausdruck gegeben, als in der Rede Jollys am 7. Juni. Der einzige Mann, der wissend die Veränderung vollzog und das Schwergewicht der preußischen Staatsmacht in die Wagschale warf, verbarg doch seine letzten Absichten im tiefsten

Innern. Jolly erklärte es für eine Sünde, das deutsche Volk für das Bundesrecht in den Krieg zu führen. Er sagte: „Es ist moralisch un= möglich, dem Volke zuzumuten: mordet euch gegenseitig, zerstört eure Wohlfahrt, vernichtet eure Bildung für ein Bundesrecht, das nicht ein= mal den bescheidensten Ansprüchen gerecht zu werden imstande war, das seit Jahrzehnten von allen, vom Höchsten bis zum Niedrigsten, als un= genügend, als unwürdig eines mächtigen großen Volkes erklärt worden ist." Österreich, sagte er weiter, werde und könne, wenn es siege, keinen deutschen Bundesstaat herstellen. Der Sieg Preußens werde zur Einheit Deutschlands und zur politischen Freiheit führen. Das waren Worte, die damals in Süddeutschland insbesondere, wenn wir sie auch heute als den Ausfluß hoher staatsmännischer Erkenntnis und Voraus= sicht begrüßen werden, unverstanden blieben. Und doch muß man sagen, daß Jolly in jenem Augenblick für eine verlorene Sache kämpfte. Die geographische Lage des Landes, die nur leichtverhüllten Absichten Öster= reichs und Bayerns auf Baden und vor allem die demagogische und konfessionelle Verhetzung, die bis tief in die Reihen der Armee einge= griffen hatte, machten die Neutralität des Staates unmöglich. Es war ein Glück, daß Männer wie Mathy und Jolly sich in die Bresche warfen, um sich zum Segen und zum Wohle Badens und Deutschlands für die Zukunft zu erhalten, im Sommer 1866 war ihre Politik unausführbar. Lamey hatte doch nicht Unrecht, als er privatim Jolly erklärte, es liege gar nicht mehr in der Macht des Kriegsministers, die verhetzten Soldaten ruhig in der Garnison zu lassen. Es gab ja vielleicht ein Mittel, die Neutralität zu sichern, vor dem auch die Gelüste Bayerns und Öster= reichs verschwunden wären, nämlich den Schutz Frankreichs anzurufen. In der Tat sondierte die französische Diplomatie leise, ob in Karlsruhe nicht etwa der Boden für eine neue Rheinbundspolitik zu ebnen sei. Dieses Mittel verwarfen aber Mathy wie Jolly, übrigens alle badischen Staatsmänner, ganz abgesehen davon, daß die Zustimmung des Landes= herrn zu einer solchen undeutschen Politik niemals zu erlangen gewesen wäre. Jolly zog übrigens die Konsequenz aus seinem Verhalten und kam um seine Entlassung als Ministerialrat ein; am 25. Juni wurde er zum Mitgliede des Verwaltungsgerichtshofes ernannt. Wenige Tage darauf schied auch Mathy aus dem Ministerium. Klein, ganz klein war der Kreis der Männer, die sich in jenen Wochen um Mathy und Jolly scharten und mitten unter den Irrtümern des Tages an ihrer Anschau= ung festhielten. Aber kaum ein Monat war vergangen, da wurde Mathy vom Großherzog mit der Neubildung des Ministeriums beauftragt, Jolly wurde Präsident des Ministeriums des Innern, einstweilen leitete er auch das Justizministerium, bis dieses 1867 von Stabel wieder übernommen wurde.

Es galt nun nach dem Kriege, die Gemüter zu beruhigen und den schlimmsten Verhetzungen zu steuern. Die Ratschläge, die Jolly kurz vor Ausbruch des Kampfes Lamey gegeben hatte, daß gegen die zügellose Presse und die Disziplinlosigkeit einzuschreiten sei, führte er selbst aus. Seine Hauptaufgabe aber erblickte er darin, mitzuwirken, daß Baden seine nationale Pflicht erfülle, damit der Staat, wenn, wie Jolly zu seinem Schmerze empfand, die Aufnahme desselben in den Norddeutschen Bund nicht zu ermöglichen sei, durch die Annahme der preußischen Wehrverfassung, überhaupt durch die engste Fühlung mit dem Norden zum künftigen Eintritt in den nationalen Bundesstaat würdig vorbereitet werde. In einem besonderen Südbunde, dessen Bildung von einflußreichen Kreisen in Württemberg und Bayern betrieben wurde, sah er eine Gefahr für die Einheit und die nationale Unabhängigkeit und suchte ihn nach Kräften zu verhindern. Entschieden trat er für die Erhaltung des Zollvereins ein; die weitere Ausgestaltung desselben schien ihm einen Weg zu bieten, um zur vollen politischen Einheit zu gelangen. Bei der Befürwortung des neuen Zollvertrages in dem Landtage sprach er die nicht bloß für jene Zeit beherzigenswerten Worte: „Ich kann es auch nicht billigen, wenn man ein gemeinsames nationales Werk vom partikularistischen Standpunkt aus kritisiert. Das wahre und eigentliche Opfer, das gebracht werden muß, liegt darin, daß wir darauf verzichten lernen, die großen gemeinsamen Anliegen der Nation nach unserem engen Maßstab zu messen, bei jeder Einzelheit abzuwägen, ob sie speziell für Baden mehr Vorteil oder Nachteil bringt. Der ungeheuere Vorteil ist die nationale Gesamtheit." Neben dem Kriegsminister hatte Jolly die Vorlagen über die allgemeine Wehrpflicht, über die dreijährige Dienstzeit und über die Friedenspräsenz von einem Prozent der Bevölkerung in der Kammer zu vertreten. Die Übernahme zweifellos schwerer Lasten hatte in den Kreisen der Volksvertretung gewisse Bedenken hervorgerufen. Auch die entschiedenen Anhänger nationaler Politik zögerten, zumal da auf die Aufnahme Badens in den Norddeutschen Bund, für die man der Bevölkerung die Opfer leichter glaubte zumuten zu dürfen, seit der bekannten Ablehnung der Anregung Mathys durch Bismarck für die nächste Zeit nicht zu hoffen war. Doch gelang es, nicht am wenigsten durch die mutige und patriotische Befürwortung Jollys, das Gesetz ohne erhebliche Abschwächung durchzubringen. „Wenn es Deutschland vergönnt ist," sagte der Minister damals, „um den Preis des vorjährigen Krieges mit allem seinem Weh, um den Preis, daß wir auf einige Zeit sehr große, noch viel größere als die jetzt drohenden Militärlasten auf uns zu nehmen haben, den deutschen Nationalstaat zu gründen und zu vollenden, dann dürfen wir uns glücklich preisen, dann wird die Geschichte dereinst nach Jahrhunderten sagen: das deutsche Volk hat von dem 30jährigen Krieg bis in das 19. Jahrhundert viel Elend und Mißgeschick aller Art erlebt; aber das ist durch das unendliche Glück, das ihm in diesem Jahrhundert widerfuhr, ausgeglichen worden." An dem inneren Ausbau des Landes fehlte es in diesen Jahren nicht. Jollys Ministerium war daran in hervorragender Weise beteiligt. Eine Vorlage über die Presse und Vereine, über Ministerverantwortlichkeit wurde vorbereitet und vom Landtage genehmigt; die einschränkende Bestimmung der Verfassung, die für die Wählbarkeit zum Abgeordneten die Bezahlung einer Grund-, Gebäude- oder Gewerbesteuer verlangte, wurde beseitigt. Von besonderer Wichtigkeit wurde die Umgestaltung, die das Unterrichtswesen erfuhr. Im Jahre 1860 war der Grundsatz aufgestellt worden, der öffentliche Unterricht wird vom Staate geleitet. Zur Durchführung dieses Grundgedankens hatte schon das Ministerium Lamey unter eifriger Mitwirkung Jollys als Referenten für die Beaufsichtigung der Elementarschulen die Orts- und Kreisschulräte geschaffen, an Stelle der konfessionellen Zentralbehörde den staatlichen Oberschulrat für Volks- und Mittelschulen gebildet. Das Gesetz des Jahres 1868 nun behielt im allgemeinen den konfessionellen Charakter der Volksschule bei, gestattete aber den Gemeinden, konfessionellgemischte Schulen zu errichten, eine Befugnis, von der viele Gebrauch machten, bis im Jahre 1876 die Einführung der gemischten Schule durch Gesetz bestimmt wurde. Der Lehrplan der Mittelschulen wurde umgestaltet. Es wurde oben erwähnt, wie Jolly in der Jugend durch vortrefflichen Unterricht die klassische, besonders die griechische Literatur schätzen lernte. Es ist demnach begreiflich, daß er als Minister dem Griechischen, in dem er ein ideales Bildungsmittel erkannte, das durch kein anderes zu ersetzen sei, breiteren Raum verschaffte. Ebenso wurde für den Unterricht in der deutschen Geschichte und Literatur gesorgt, aber auch der mathematisch-naturwissenschaftliche auf eine den modernen Anforderungen entsprechende Höhe gebracht. Unter Jollys Verwaltung wurde dann das erste Realgymnasium in Baden geschaffen. Das Ministerium Lamey hatte 1860 auf die Anwesenheit des Staatskommissars bei den theologischen Prüfungen verzichtet, diese den Kirchen allein überlassen, aber behufs Zulassung zu einem Kirchenamte von den Kandidaten der Nachweis einer allgemeinen wissenschaftlichen Bildung vor einer Staatskommission verlangt. Man war damals nicht dazu gekommen, die vorbehaltene Ordnung zu näherer Ausführung zu erlassen. Jolly holte dieses im September 1867 nach. Er ließ sich von dem Gedanken leiten, daß bei dem großen Einfluß, den die Diener der Kirchen auf das Volksleben ausüben, für den Staat die Garantie unabweisbar sei, daß die Geistlichen in dieselbe allgemeine Bildungssphäre eingeführt würden, wie alle höher Gebildeten. Insbesondere hielt er die Forderung für die katholischen Geistlichen für notwendig, um der von ihm als einseitig erkannten Seminarerziehung entgegenzuwirken. Daher wurde eine Prüfung in der lateinischen und griechischen Sprache, dem badischen Kirchenrecht, der Geschichte, Philosophie und deutschen Literatur verlangt. Die evangelischen Kandidaten unterzogen sich dem Examen, den katholischen verbot es die Kurie. Die Folge war, daß die letzteren kein Pfarramt erlangen konnten, die erledigten Stellen nur mit Verwesern besetzt wurden. Hatten schon die unter Lamey erlassenen Schul- und Kirchengesetze heftigen Streit mit der Kurie, im ganzen Lande Aufregung hervorgerufen, so wurde durch das sogenannte Kulturexamen Jollys der Kampf im höchsten Grade gesteigert, der die ganze Amtsdauer dieses Ministers begleitete. Aber Jolly wich um kein Haarbreit von den Forderungen ab, die er zur Aufrechterhaltung der Staatsautorität für notwendig hielt. Es ist ein Irrtum, zu meinen, daß er den Kampf gesucht, oder daß er von der Bedeutung der Kirchen für Geist und Gemüt des Volkes gering gedacht habe. Unbeugsam hielt er jedoch an dem Grundgedanken fest, den er bei seinem Eintritt in das politische Leben ausgesprochen hatte, daß die Kirchen in ihren Angelegenheiten selbständig seien, aber in entschiedener Unterordnung unter dem Staate stehen. Nach Mathys Tode, der am 4. Februar 1868 erfolgte, wurde Jolly vom Großherzog mit der Neubildung des Ministeriums beauftragt. Er selbst behielt als nunmehriger Staatsminister das Innere bei. v. Freydorf blieb Minister des Auswärtigen und verwaltete auch einstweilen, da Stabel austrat, das Justizministerium, das später Obkircher übernahm, zum Präsidenten des Handelsministeriums wurde v. Dusch, zu dem der Finanzen Ellstätter ernannt. Als Kriegsminister wurde der preußische General v. Beyer berufen. Die zweiundeinhalb

Jahre bis zum Ausbruch des deutsch-französischen Krieges waren für Jolly, der jetzt an der Spitze der Regierung stand, außerordentlich schwierige. Wie erwähnt, nahm der Kampf mit den kirchlichen Ansprüchen an Schärfe und Ausdehnung zu, auch die Beziehungen zu der liberalen Partei, auf die sich Jolly doch allein stützen wollte und konnte, wurden eine Zeitlang getrübt. Die Fortführung der nationalen Politik, die sein ganzes Sein erfüllte, wurde ihm nicht erleichtert, insbesondere als der Antrag Lasker im norddeutschen Reichstag, den Anschluß Badens an den Norddeutschen Bund zu beschleunigen, von Bismarck zurückgewiesen werden mußte. Trotz der ablehnenden Haltung des Kanzlers hielt Jolly den Eintritt Badens damals für möglich. Südhessen, meinte er, müsse folgen, auch Württemberg könne und werde sich nicht fernhalten, während er auf den Anschluß Bayerns auf absehbare Zeit nicht rechnete. Aber gerade die erhöhten Leistungen persönlicher und materieller Art, die die allgemeine Wehrpflicht und die längere Dienstzeit erforderten, riefen selbst in den Reihen bisheriger Freunde Bedenken hervor, wozu auch einige persönliche Verstimmungen über die Neubildung des Ministeriums kamen. Denn man hatte die Wiederernennung Lameys oder den Eintritt anderer Parlamentarier erwartet. Indessen führte das Offenburger Programm vom Ende des Jahres 1868 keinen dauernden Bruch mit der liberalen Partei herbei, das volle Einvernehmen wurde auf einer neuen Versammlung in Offenburg im Mai 1869 wiederhergestellt. Der Landtag des Jahres 1869/70 war dann nach zwei Seiten hin ein ungewöhnlich fruchtbarer. Einmal wurde eine Reihe von Gesetzen des Norddeutschen Bundes auch in Baden eingeführt, so die metrische Maß- und Gewichtsordnung, das Gesetz über Kredit- und Vorschußvereine, ebenso wurde, wie in Norddeutschland, die Schuldhaft aufgehoben. Außerdem wurden Staatsverträge mit dem Bunde abgeschlossen, die die gegenseitige Vollstreckbarkeit richterlicher Urteile bezweckten und die militärische Freizügigkeit begründeten. Das Kontingentgesetz, das nur auf zwei Jahre beschlossen worden war, wurde verlängert. War also der Eintritt Badens in die nationale Gemeinschaft auf lange Zeit, wie es damals schien, nicht zu ermöglichen, so arbeitete doch das Ministerium Jolly der Einheit selbständig durch gleichartige Einrichtungen vor, für deren Anregung, Vorbereitung und Durchführung der Staatsminister in erster Linie tätig war. Lamey hatte kurz vorher bei der Verfassungsfeier in Mannheim geäußert: „Wir wollen nicht souverän bleiben, weil wir vor allem deutsch sein wollen". Solange nun die volle Souveränität des Einzelstaates noch bestand, konnte sie in deutschem Sinne nicht segensreicher angewandt werden, als es hier in der Gesetzgebung durch das Ministerium Jolly geschah. Aber auch die Entwicklung der spezifisch badischen Angelegenheiten wurde erfolgreich gefördert. Durch eine Reihe von Vorlagen zeigten Jolly und seine Amtsgenossen, daß die Befürchtungen der ersten Offenburger Versammlung, als ob man in eine reaktionäre Politik einlenke oder in übertriebener Nachahmung des preußischen Vorbildes dem Volke ungewohnte und unbeliebte Einrichtungen bringe, unbegründet waren. Höchst einseitig ist es freilich, wie es in späterer Zeit dargestellt wurde, die Verstimmung zwischen Jolly und der liberalen Partei im Jahre 1868 bloß aus gekränktem Ehrgeiz der Führer der letzteren zu erklären. Die Opposition entsprach eben weitverbreiteter Anschauung. In einem ganzen Volke zeitigt ein so gewaltiger Umschwung, wie ihn das Jahr 1866 gebracht hatte, nicht so rasch und gründlich einen Sinneswechsel, wie in einzelnen besonders begabten Persönlichkeiten, die zudem am Steuer stehen und darum die bewegenden Kräfte schärfer erkennen. Es macht den Männern jener Opposition alle Ehre, daß sie das Übertriebene in ihren Befürchtungen nicht bloß einsahen, sondern auch schnell die Verstimmung überwanden, die auf die Dauer nur den Gegnern nationaler Politik zugute kommen mußte, und Jollys Leitung unterstützten. Aber auch er hat alles getan, den Frieden zu beschleunigen und zu befestigen. Die Vorlagen, die er und die übrigen Minister einbrachten, atmeten denn auch einen modernen und wahrhaft fortschrittlichen Geist. Das Wahlrecht zur Zweiten Kammer, das bisher an das Ortsbürgerrecht gebunden war, wurde nunmehr jedem 25jährigen unbescholtenen Badner gegeben. Es ist seitdem allgemein und gleich, an keinen Zensus irgendwelcher Art gebunden, die Abstimmung ist geheim. Nur am indirekten Verfahren hielt Jolly und schließlich auch der Landtag noch fest. Außerdem erlangte die Zweite Kammer das Recht, ihren Präsidenten selbst zu wählen, während bisher der Großherzog aus drei von der Kammer vorgeschlagenen Kandidaten die Ernennung vollzog. Endlich wurde den Ständen das Recht der Initiative in der Gesetzgebung verliehen und auf Grund eines Beschlusses der Zweiten Kammer die Wahlperiode von acht auf vier Jahre herabgesetzt. Bei der Revision der Gemeindeordnung wurde den Bürgern ein größerer Anteil an der Verwaltung eingeräumt, den Gemeinden dem Staate gegenüber ein höheres Maß von Selbständigkeit gegeben. An der Bürgergemeinde hielt man zwar noch fest, schuf aber, der modernen Entwick=

lung entsprechend, die die Freizügigkeit und die Gewerbefreiheit gebracht hatte, das Gesetz über den Unterstützungswohnsitz, das dem späteren Reichsgesetz zum Muster diente. Für die Pflege des Armenwesens wurde der Armenrat geschaffen. Unter den Stiftungen, deren gesetzliche Neuregelung nicht ohne schweren Kampf gelang, wurde zwischen rein kirchlichen und weltlichen scharf geschieden, und die Verwaltung der letzteren, die im wesentlichen Unterrichts- und Wohltätigkeitszwecken gewidmet sind, weltlicher Verwaltung überwiesen. Die von dem Ministerium Lamey eingeführte sogenannte Notcivilehe hatte bei der fortdauernden Gegnerschaft des katholischen Klerus die Mißstände hervorgebracht, die Jolly in seiner Kritik der Sechziger-Gesetzgebung vorausgesehen hatte. Dem Übelstande wurde mit einem Schlage abgeholfen, indem Baden 1870 die obligatorische Civilehe und die bürgerliche Standesbuchführung einführte. Mit der gleichen Vorschrift hat somit die Reichsgesetzgebung später für Baden keine Neuerung gebracht. In der von edler Wärme getragenen Thronrede, mit der am 7. April 1870, also gerade ein Jahrzehnt nach der berühmten Osterproklamation, der Landtag geschlossen wurde, sagte der Großherzog, indem er den Ständen aufrichtige Anerkennung und Dank ausdrückte: „Mit stolzer Freudigkeit sehe ich auf die innere Entwicklung meines Landes, welche durch die glücklichen Arbeiten dieses Landtages wesentlich gefördert ist. Ich stütze darauf das Vertrauen, daß mein an politisches Denken und an politische Arbeit gewöhntes Volk bei mir ausharren wird in Erstrebung des höchsten Zieles, der nationalen Einigung Deutschlands." Der fürstliche Dank an die Stände war wohlverdient. Der Minister jedoch, der nicht bloß die Politik geleitet, sondern in aufreibender Tätigkeit die ganze Reformarbeit vorbereitet und gesichert hatte, konnte und durfte ihn ebenso für sich in Anspruch nehmen.

Im April 1868 war Erzbischof v. Vikari hochbetagt gestorben. Die vom Domkapitel eingereichte Liste war derart gestaltet, daß die Regierung von den acht genannten Kandidaten sieben als minder genehm strich und eine neue Liste verlangte. In Freiburg aber weigerte man sich dessen, und der Papst, dem das Kapitel schließlich die Entscheidung überließ, billigte seine Haltung. Jolly bestand jedoch fest auf der Befugnis, auch alle Namen zu streichen, weil sonst das Recht der Ablehnung dem Staate völlig illusorisch gemacht werden könnte. Man brauchte nur acht Kandidaten zu nennen, die der Regierung sämtlich unannehmbar schienen, oder man konnte, wie er meinte, neben zwei minder genehmen sechs aus anderen Gründen unmögliche Männer bezeichnen, dann hatte man, wenn nach der Auffassung der Kurie mindestens zwei stehen bleiben mußten, die der Regierung eingeräumte Einwirkung tatsächlich aufgehoben. So kam es, daß die Erzdiözese viele Jahre lang durch einen Bistumsverweser verwaltet wurde und erst 1882 in der Person Dr. Orbins wieder einen Bischof erhielt.

Durch den plötzlichen Friedensbruch Frankreichs im Juli 1870 kam Baden als Grenzland in eine überaus schwierige Lage. Die Tage bis zum Ende des Monats waren die peinlichsten, die Jolly je durchgemacht hatte. Denn ihn traf natürlich der Vorwurf, entsetzliches Unheil durch seine „preußische" Politik über das Land gebracht zu haben, wenn Frankreich seine Drohungen wahr machte und Baden das Schicksal der Pfalz im 17. Jahrhundert bereitete, wogegen vielleicht Württemberg und Bayern verschont blieben. Es war denn doch sehr zu befürchten, daß der Feind, über dessen Schlagfertigkeit man eine viel höhere Vorstellung hatte, als sie verdiente, rasch in Baden einbrechen und die Mobilmachung unmöglich machen werde. Was aber bei einem halbwegs gelungenen Einfall der Franzosen, bei einer Überrumpelung Rastatts und Besetzung Karlsruhes die beiden süddeutschen Königreiche tun würden, war trotz der dort in vielen Kreisen herrschenden ausgezeichneten Stimmung nicht so ganz sicher. Aber das Ministerium hatte alle Vorbereitungen wohl getroffen, Geld war in den Kassen vorhanden, der Billigung der Volksvertretung war man so gewiß, daß man von der Einberufung des Landtags absehen konnte. Dank der trefflichen Maßregeln der letzten Jahre vollzog sich die Mobilmachung pünktlich, am Abend des 16. Juli standen die Regimenter aus Freiburg und Konstanz bereits in Rastatt. Mehr als der Kriegsminister betrieb Jolly aus politischen Gründen die Sprengung der Kehler Brücke, um dadurch dem Lande und den Nachbarn die unerschütterliche Entschlossenheit der Regierung darzutun, daß man trotz der schweren Gefahr an der Seite der Norddeutschen kämpfen werde. Bei den Forderungen des Siegespreises, die dem überwundenen Frankreich aufzuerlegen waren, fielen die Interessen Deutschlands und Badens völlig zusammen. Die Sicherung des Südwestens des Vaterlandes, die durch die Erwerbung Elsaß-Lothringens errungen wurde, befreite Baden endlich von der zweihundertjährigen unmittelbaren Bedrohung seitens Frankreichs. In einer Denkschrift, die Jolly im August vorbereitete und nach Genehmigung durch den Großherzog an Bismarck überschickte, führte er aus, daß die Grenze, soweit es die militärischen Erfolge und die politischen Verhältnisse zuließen,

nach Westen vorzuschieben sei. Eine Verbindung des Elsasses mit
Baden wies er zurück, weil der Staat zur Lösung dieser Aufgabe nicht
groß genug sei. Trotz dieser unanfechtbaren Behauptung tauchte dieser
eigentümliche Plan bekanntlich später wiederholt auf, wurde aber glück-
licherweise nicht verwirklicht. Da nach Jollys nicht minder zutreffender
Ansicht eine Vergrößerung Bayerns ebenfalls ausgeschlossen war, weil
diese nur einen neuen Dualismus geschaffen hätte, so blieb nach seiner
Meinung nichts übrig, als das neue Grenzland Preußen einzuverleiben.
Außerdem verlangte er in der Denkschrift den Eintritt der süddeutschen
Staaten in den Norddeutschen Bund, wobei die Wiederherstellung der
Kaiserwürde die Einigung erleichtern würde, forderte aber eine Stärkung
der Zentralgewalt in diplomatischen und militärischen Angelegenheiten.
Bismarck beantwortete die Denkschrift mit einer Note, in der er eine
Vergrößerung Preußens durch die eroberten Gebiete ablehnte und auf
die Bildung eines Reichslandes hinwies. Die gemeinsame Kriegführung
werde zur Einheit des Vaterlandes führen, Zwang oder Druck werde
aber nicht geübt werden, Baden solle die bayerische Regierung zur Aus-
sprache ihrer Auffassung der Sache bewegen. In Bayern war man indessen nicht besonders eifrig, sich auf Unterhandlungen einzulassen. König
Ludwig II. konnte sich wohl einer deutschpatriotischen Aufwallung für
den Augenblick hingeben, wie im Juli 1870, und so der nationalen
Sache segensreiche Dienste leisten. Aber neben seiner Menschenscheu,
die damals bereits hervortrat, war das dynastische Selbstgefühl der aus-
geprägteste Zug seines Wesens. Dieses erschwerte es ihm ungemein,
auch nur einen kleinen Teil der bayerischen Selbständigkeit aufzugeben.
Mit dieser Sinnesart des Königs hatten die bayerischen Staatsmänner
zu rechnen, die übrigens auch an sich meist die gleiche Anschauung
hegten, wie ihr Herr. Welcher Unterschied in dem Verhalten Jollys
und dem der bayerischen Unterhändler! In der Brust des badischen
Ministers loderte die echt nationale Gesinnung, in Bayern war die
Besorgnis vor dem Verluste der Selbständigkeit das vorwaltende Gefühl.
Baden trat für eine Stärkung der Zentralgewalt im Reiche ein. Sonderrechte für Baden, äußerte Jolly später im Landtage, würde er, selbst
wenn man sie ihm angeboten hätte, nicht angenommen haben, weil er
glaube, daß sie dem Berechtigten mehr schaden als nützen würden. Wie
anders Graf Bray, der bayerische Minister, der unter dem 25. November
1870 nach Hause schrieb, als das Abkommen über den Eintritt Bayerns
in das neue Deutschland mit Bismarck getroffen war: „Dieses ist der

Anfang des neuen Deutschland und, wenn unsere Entwürfe genehmigt werden, das Ende Altbayerns! Es wäre nutzlos, sich darüber täuschen zu wollen. In München wird man zu wählen haben. Alles dieses hat mehr als einmal meine Nachtruhe gestört. Aber mein Gewissen ist ruhig, was wir tun konnten, ist schon geschehen, und ich habe das Bewußtsein, die feste Überzeugung, daß wir alles erlangt haben, was von staatlicher Selbständigkeit, von bedungenem Sonderrechte und gesicherter Einflußnahme zu erreichen möglich war." Schärfer kann man den Gegensatz nicht ausdrücken. In Baden die helle Freude, daß man die nationale Einheit errungen habe, und nur das Bedauern, daß die Klammern nicht noch fester geworden seien, bei den Bayern Gewissensbisse, daß man auch nur soviel, als geschehen war, für die Einheit hingegeben habe. Als es mit Bayern zunächst nicht vorwärts ging, beschloß Bismarck bekanntlich, mit den andern südbeutschen Staaten abzuschließen, und ließ am 2. Oktober in Karlsruhe eröffnen, daß nunmehr ein Antrag Badens auf Eintritt in den Norddeutschen Bund willkommen sei. Der Antrag erfolgte bereits am nächsten Tage, und am 20. Oktober reisten Jolly und Freydorf nach Versailles, um die Verhandlungen zu führen. Man wurde schnell einig. Die Arbeit der badischen Minister wurde noch dadurch erleichtert, daß Anfang November der Großherzog selbst in Versailles erschien und insbesondere dringend für eine Verschmelzung der badischen Division mit dem preußischen Heere wirkte. Jolly wünschte diese Militärkonvention ebenfalls, sah aber richtig voraus, daß sie, wie er nach Hause schrieb, zunächst in Baden viel böses Blut und ihm die bittersten Feinde machen werde. „Nun, es muß, und wenn ich darüber den Hals breche, getragen werden, in dem Bewußtsein, richtig gehandelt zu haben." Die Konvention kam zustande, die Mißstimmung, die er befürchtete, war noch lange vorhanden; aber heute, nach einem Menschenalter, wird jeder Einsichtige, wie der Minister damals sagte, die Konvention doch auch als eine Wohltat für die badischen Truppen ansehen. Nachdem das ganze Vertragswerk abgeschlossen war, traf Jolly am 20. November wieder in Karlsruhe ein, erschien aber mit den übrigen südbeutschen Ministern zur Unterzeichnung des Friedens noch einmal in Versailles. Die Briefe, die er während des zweimaligen Aufenthaltes in dem deutschen Hauptquartier an seine Frau richtete, bilden einen köstlichen Beitrag zur Erkenntnis der nationalen Gesinnung, von der dieser Minister beseelt war, aber auch der Innigkeit und Herzlichkeit, die in dem Menschen lebte, dem die Fernestehenden nicht selten wärmere Gefühle abgesprochen hatten. Ende Dezember — kaum eine Woche dauerten die Verhandlungen — genehmigte der Landtag die Verträge mit dem Norddeutschen Bunde und die Militärkonvention mit Preußen. In seinen Schlußworten in der Zweiten Kammer verband Jolly patriotischen Schwung und Begeisterung mit einem von staatsmännischer Auffassung getragenen geschichtlichen Überblick, der eines mächtigen Eindrucks auf die Hörer nicht entbehrte. Nur wenige Sätze können hier angeführt werden. „In stiller, unermüdeter Arbeit", heißt es, „war unter uns ein nationales Bewußtsein erwachsen von einer Kraft, einem Feuer, einer Reinheit, wie selbst die Besten des Volkes nur in den glücklichsten Tagen zu hoffen, nicht aber unter allen Umständen mit Sicherheit zu erwarten gewagt hatten. Unser Volk war der unermeßlichen Geistesschätze, die es seit der Verwüstung und Verwilderung des dreißigjährigen Krieges gesammelt hatte, sich bewußt geworden und nach bitteren Erfahrungen zu der Erkenntnis gekommen, daß ohne das schützende Dach eines gemeinsamen deutschen Staatswesens wie unser äußeres Gut, so auch der innerste Kern unseres Wesens, unser deutsches Kulturleben, unrettbar dem Verderben preisgegeben sei. Daher die einmütige begeisterte Erhebung des Volkes für das Edelste und Beste, was wir haben . . . ." „Die Verfassungsverträge sind nicht die glänzende Schöpfung, wie die Phantasie oder das systematische Denken in einem freien Raum sie in kühnen Rissen zu entwerfen vermöchten. Sie tragen vielmehr die Spuren der Rücksichtnahme auf die rauhe Wirklichkeit deutlich an sich. Aber das ist ja deutsche Art, die Wirklichkeit nüchtern zu erkennen und geduldig hinzunehmen, aber auch bildend sie zu veredeln, dem treu in der Brust gehegten Ideal näher und näher zu bringen und an dem Erfolg ausdauernder Arbeit nie zu verzagen."

Nach der Aufrichtung des Reiches, in der Jolly mit beglückender Befriedigung die Krönung seiner Politik erblicken durfte, blieb er noch etwas über fünf Jahre als leitender Minister Badens im Amte. An den Verhandlungen des Bundesrates beteiligte er sich 1871: Sie boten ihm aber nur geringes Interesse, weil ihm die Stellung des Bundesrates gegenüber der preußischen Regierung und vor allem gegenüber dem überragenden Einfluß Bismarcks zu wenig bedeutungsvoll erschien. In den heimischen Angelegenheiten entwickelte er auch in dieser Epoche eine umfassende Tätigkeit. In dem Streit mit der katholischen Kirche, der ohnedies unter dem Eindruck der glorreichen Zeit etwas zurückgetreten war, hatte er 1871 insofern einen Erfolg, als die Kurie in diesem

Jahre den Pfarrern den Eintritt in die Ortsschulräte gestattete, den sie früher verboten hatte. Auch kam es zu Verhandlungen behufs Wiederbesetzung des erzbischöflichen Stuhles, die indessen scheiterten. Und bald wurde der Kampf hitziger geführt als in den sechziger Jahren. Unter dem Einfluß des preußischen Kulturkampfes und auf das Drängen der großen Mehrheit der Zweiten Kammer legte Jolly kirchenpolitische Gesetzentwürfe vor, die schärfere Maßregeln brachten als die früheren. Die Knaben- und Studentenkonvikte wurden geschlossen, selbst die Verwesung einer Pfarrei von der Ablegung des Kulturexamens abhängig gemacht. Aus der Initiative der Zweiten Kammer ging das Verbot der Missionen durch Ordensmitglieder und der Lehrwirksamkeit derselben hervor. Endlich wurde die rechtliche Stellung der Altkatholiken gesetzlich geregelt. Bei den Verhandlungen des Landtages über diese Vorlagen legte der Minister noch einmal mit nachdrucksvoller Schärfe und Klarheit seine Ansichten über die Bedeutung des Kirchenstreits dar. Er sagte dabei u. a.: „Nicht das ist gegen das religiöse Gewissen der Herren, daß der Geistliche eine Prüfung besteht, gegen ihr angebliches religiöses Gewissen ist nur das, daß der Staat sich die Freiheit nimmt, das Recht kraft seiner eigenen Autorität festzustellen und nötigenfalls auch gegen den Willen der Kirche durchzusetzen. Sie kämpfen nicht für die Religion, sondern für äußere Herrschaft; diese gehört aber nicht der Kirche, sondern dem Staate." Als eine Anerkennung seiner Tätigkeit auf diesem Gebiete mochte es Jolly auch ansehen, daß Bismarck bei Ausbruch des preußischen Kirchenstreites ihn um Übersendung der badischen Kirchengesetze und eine Darlegung der mit denselben gemachten Erfahrungen bat. In der Denkschrift an den Kanzler verlangte Jolly im Einklang mit seiner bisherigen Anschauung Strafbestimmungen zum Schutze der kirchlichen Staatsgesetze, aber auch weitgehenden Einfluß des Staates auf die Ausbildung des Klerus nach der nationalen und wissenschaftlichen Seite. Es ist bekannt, wie sich die Gesetzgebung Falks in Preußen die badische vielfach zum Muster nahm. Der Kirchenstreit nahm indessen die Tätigkeit Jollys nicht allein in Anspruch. Er setzte schon 1871 eine materielle Besserstellung der Beamten durch. Die erwähnte Umbildung des Lehrplans der Mittelschulen erfolgte, außerordentliche Zuwendungen wurden den Hochschulen gemacht. Für Heidelberg ist besonders die Erbauung eines großen akademischen Krankenhauses zu nennen, wofür sich die medicinische Fakultät später auch dadurch dankbar erwies, daß sie bei dem fünfhundertjährigen Jubiläum der Hochschule Jolly den Doktorgrad verlieh.

Für die größeren Kommunen des Landes wurde durch die Städteordnung eine segensreiche Umgestaltung herbeigeführt, die Einwohnergemeinde trat an die Stelle der Bürgergemeinde, bei zweijährigem Aufenthalte in der Stadt wurden Staats- und Reichsangehörigen die gleichen Befugnisse eingeräumt und durch ein sorgfältig abgestuftes Wahlverfahren auch den größten Gemeinwesen eine von politischen Leidenschaften ungetrübte sachliche Verwaltung gesichert. Weitergehende Forderungen einer durchgreifenden Verfassungsreform, wie z. B. die Einführung einer einjährigen Budgetperiode oder gar die Abschaffung der Ersten Kammer hat Jolly nicht erfüllt. Für einen kleinen Staat, wie Baden, ist eine zweijährige Budgetperiode nicht bloß wünschenswert, sondern mit Rücksicht auf die lange Inanspruchnahme der obersten Beamten bei der jeweiligen Etatsberatung geradezu geboten, wenn man nicht die Verwaltungstätigkeit der leitenden Personen in bedenklicher Weise hemmen oder die Zahl der höheren Beamten erheblich vermehren will. Das Einkammersystem aber hat Jolly in staatsmännischer Voraussicht der Entwicklung des Radikalismus, die in der modernen Zeit nicht aufzuhalten war, wohlweislich abgewiesen. Dagegen kam er in der Umbildung der Oberrechnungskammer den konstitutionellen Forderungen entgegen. Die Einkünfte der Geistlichen bei den Kirchen waren infolge der Veränderung aller Lebensverhältnisse völlig unzulänglich geworden. Jolly suchte dem Mißstand dadurch abzuhelfen, daß er den Geistlichen beider Konfessionen Zulagen im Gesamtbetrage von je 200000 Mark aus Staatsmitteln zuwenden wollte. Das Verlangen einzelner Mitglieder der liberalen Partei, daß die Kirchen ihre Bedürfnisse durch selbständige Besteuerung ihrer Angehörigen zu decken habe, lehnte Jolly ab. Er erklärte, daß die Besteuerung als Zwangsübung eine staatliche Tätigkeit sei, und wenn sie den Kirchen eingeräumt werde, so müßten sie sich vom Staat eine stärkere Überwachung über die Höhe und Umlegung der Steuern gefallen lassen, was mit der behaupteten Trennung der Kirche vom Staat doch noch weniger vereinbar sei als die Zuwendung staatlicher Mittel. Es läßt sich indessen nicht verkennen, daß die Anhänger der Kirchensteuer konsequenter waren, wenn man auch zugeben muß, daß in jenem Augenblick aus verschiedenen Gründen der Rücksichtnahme die Einführung einer solchen Steuer sich noch nicht ausführbar erwies. Eine Zwangsübung gestattet der Staat der Kirche nicht, da es jedem einzelnen freisteht, durch Austritt aus der kirchlichen Gemeinschaft sich der Besteuerung zu entziehen. Die Kirchensteuer, örtliche und allgemeine, wurde bekanntlich später in Baden eingeführt, Übelstände haben sich nicht gezeigt. Auch die Bedenken, die damals auch von anderer Seite erhoben wurden, daß die Steuer zahlreiche Austritte aus der Kirche zur Folge haben würde, waren, wie die Erfahrung zeigt, nicht berechtigt. Freilich sind durch die Besteuerung die seitdem noch erhöhten Zuschüsse durch den Staat nicht entbehrlich geworden. Die Frage über die Zweckmäßigkeit der Kirchensteuer rief eine erhebliche Meinungsverschiedenheit zwischen Jolly und der liberalen Kammermehrheit hervor, so daß er, um die Vorlage durchzubringen, die Vertrauensfrage stellen mußte. Die Kammer gab zwar nach; aber es zeigte sich schnell, daß die Stellung des Ministers nicht mehr so gefestigt war wie früher. Solche Meinungsverschiedenheit war auch bei der Reform der Oberrechnungskammer zutage getreten, wenn auch bei einem verhältnismäßig untergeordneten Punkte, viel einschneibender aber bei der oben berührten Einführung der konfessionell gemischten Volksschule. Jolly war kein unbedingter Anhänger dieser Neuerung, er gab hierin nur dem Druck der Kammermehrheit nach. Außerdem verhehlte er sich nicht, daß auch der Landesherr sich ungern zur Genehmigung der gemischten Schule entschließe. Aber diese Meinungsverschiedenheiten mit der liberalen Partei haben doch bloß den letzten Anlaß zum Sturze Jollys abgegeben, der Grund lag tiefer. Es heißt, die Zeichen der Zeit verkennen, wenn man der Kammermehrheit allein die Schuld zuschiebt. Stand der Minister noch so fest wie früher, so hätte ihm auch eine noch schärfere Opposition nicht geschadet, wie ja die Erfahrung aus dem Jahre 1868 zur Genüge gezeigt hat. Überdies bedeutete diese Zwistigkeit mit der Mehrheit der Zweiten Kammer durchaus keine systematische Opposition, schließlich setzte Jolly doch in allen wesentlichen Punkten seinen Willen durch. Wenn er auch anfangs die gemischte Schule nicht wünschte, so hat er zwar da nachgegeben, aber dabei doch weitergehende Forderungen ferngehalten. Das Entscheidende war, daß die Zeit des sogenannten Kulturkampfes, wenigstens des eifrig oder hitzig geführten, sich dem Ende zuneigte. Aus Preußen mehrten sich die Anzeichen, daß man dort eine Milderung des Streites, einen Ausgleich wenigstens der schroffsten Gegensätze anstrebte. In Baden hatten die erwähnten schärferen kirchenpolitischen Gesetze zu mannigfacher Bestrafung widerspenstiger Geistlichen geführt; aber dadurch wurde die Aufregung erst recht gesteigert. Die Bestraften, die sich willig pfänden oder ins Gefängnis führen ließen, wurden von ihren Anhängern als Märtyrer betrachtet und gefeiert. Dazu drohte bald ein wirklicher Notstand in der

Seelsorge einzutreten. Es ist begreiflich, daß man an der entscheidenden Stelle sich mit dem Versuche vertraut machte, ob die Kirchenpolitik nicht auf einen anderen Weg zu leiten sei. Damit war aber der Rücktritt Jollys gewiß. Aus den Differenzen mit der Kammermehrheit zog der Landesherr den Schluß, daß nun auch die konstitutionelle Lage einen Ministerwechsel nicht gerade unmöglich mache. Daß Jolly sich der Zustimmung des Großherzogs zu seiner Auffassung und Behandlung wichtiger politischer Fragen nicht mehr völlig zu erfreuen habe, davon hat er selbst den Führern der Kammermehrheit Mitteilung gemacht. Also mag die Kammer auch ihrerseits durch ein nicht immer kluges Verhalten dazu beigetragen haben, daß Jollys Rücktritt gerade in jenem Moment erfolgte, aufgehalten hätte sie ihn sicherlich auch auf eine nur etwas längere Zeit nicht.

Zugleich mit der Genehmigung des Schulgesetzes traf bei Jolly ein Handschreiben des Großherzogs ein, in dem der Landesherr eine Änderung der Leitung des Staatsministeriums für notwendig erklärte, weil die Vorkommnisse in der letzten Session eine Störung der früheren Harmonie der Faktoren der Gesetzgebung ergeben hätte. Jolly kam sofort um seine Entlassung ein, die ihm nach zwei Tagen, am 21. September 1876, erteilt wurde. Kurz darauf wurde er zum Präsidenten der Oberrechnungskammer ernannt. Damit erhielt er ein Amt, das ihm zwar die Beteiligung an dem politischen Leben insofern einschränkte, als er verfassungsmäßig zur badischen Kammer nicht mehr wählbar war. Dagegen ließ es ihm Muße genug, die Entwicklung des politischen Lebens mit Aufmerksamkeit zu verfolgen und in anderer Weise tätig zu sein. Ein Reichstagsmandat wurde ihm von der liberalen Partei für den IX. badischen Wahlkreis (Pforzheim—Durlach) angetragen, er erlag aber bei der Wahl einer eigentümlichen Parteikonstellation konservativer, ultramontaner und radikaler Gegner. Den Eintritt in das Reichskanzleramt, als Leiter der Finanzabteilung, wozu ihn Bismarck berufen wollte, lehnte er ab. Er vermißte bei dieser Stelle, für die ihm nach seiner Meinung auch die nötigen technischen Kenntnisse abgingen, gegenüber dem Kanzler und dem preußischen Finanzminister die Selbständigkeit, ohne die er sich ein ersprießliches Wirken nicht denken konnte. Bloß fremden Anregungen zu folgen, auch wenn diese von einem Vorgesetzten wie Bismarck ausgingen, war ein Mann von Jollys geistiger Bedeutung nicht geschaffen. So kam er nicht mehr dazu, sich aktiv am öffentlichen Leben zu beteiligen, und wandte sich wieder der schriftstellerischen Behandlung politischer

Fragen zu. Im Jahre 1880 erschien seine Schrift: „Der Reichstag und die Parteien", in der er zunächst auf den tiefgehenden Unterschied zwischen englischem Parlamentarismus und deutschem konstitutionellen Leben aufmerksam machte. Jolly bestritt die auch damals häufig behauptete relative Bedeutungslosigkeit des Reichstags und entwickelte, daß dieser eine reiche Wirksamkeit auf dem Gebiete der Gesetzgebung entfaltet habe und weiterhin entfalten werde. Von einer Bedeutungslosigkeit der obersten deutschen Volksvertretung konnte man und kann man überhaupt nur sprechen, wenn man ihre Stellung ungeschichtlich und im Grunde verfassungswidrig nach einem undeutschen Maßstabe bemißt. Für englischen Parlamentarismus fehlen in Deutschland so ziemlich alle Vorbedingungen. Die Monarchie, und in erster Linie die der Hohenzollern, ist mit der geschichtlichen ruhmreichen Entwicklung Deutschlands so eng verwachsen, daß das englische Schattenkönigtum, zu dem die Monarchie dort seit der Berufung der landfremden Welfen geworden ist, doch damit nicht verglichen werden kann. Außerdem mangelt uns die durch die Jahrhunderte geförderte politische Erziehung und die Selbstzucht nur zweier großer, stets regierungsfähiger Parteien. Das ist auch Jollys Meinung, dagegen ist nach seiner Ausführung der Reichstag für „Ausbildung und Handhabung des Budgetrechts" von einschneidender Bedeutung und, wie angedeutet, von tiefgreifendem Einfluß auf die Gesetzgebung. Daher müsse sich das konstitutionelle System in Deutschland eigenartig entwickeln, die Regierung müsse Rücksicht auf die Volksvertretung nehmen, brauche aber bei Meinungsverschiedenheiten nicht zurückzutreten. Nach der Erörterung allgemeinen Inhalts gibt Jolly über Entstehung und Wesen der politischen Parteien in Deutschland eine Schilderung, die in der scharfen Auffassung und klaren Darlegung zu dem Besten gehört, was in der gedrängten Kürze über den Gegenstand geschrieben ist. Mit Bedauern sah Jolly, daß der preußische und der badische Staat stückweise die Kirchengesetzgebung abtrugen, die er für Aufrechterhaltung der Staatsautorität unbedingt für nötig gehalten hatte, insbesondere beklagte er die in Baden, wie er meinte, ohne Not erfolgte Beseitigung des Kulturexamens. In dieser Stimmung verfaßte er eine Abhandlung über den preußischen Kulturkampf, die 1882 im Augustheft der Preußischen Jahrbücher veröffentlicht wurde. Nach einer Rückschau auf die Falksche Gesetzgebung führt er u. a. aus, daß mit der wissenschaftlichen Staatsprüfung der Geistlichen ein Schutzmittel des Staates aus der Hand gegeben sei, dessen Verlust, zumal der katholischen Kirche gegenüber, bei ben zurzeit dieselben beherrschenden Tendenzen vielleicht in kurzem bitter beklagt werden wird. Der Student, der werdende Mann, müsse stets vor Augen haben, daß auch der Staat eine über ihm stehende Instanz sei. Weiter gewähre, wenn auch die Gesinnung eines Menschen nicht durch sein Wissen bestimmt werde, doch das Kennen der Schätze unserer Literatur eine gewisse Sicherheit gegen die Gefahren geistiger Dumpfheit und bildungsfeindlicher Borniertheit. Der Staat habe guten Grund zu verlangen, daß die künftigen Geistlichen den Ideenkreis der Faustdichtung, die erhabene Toleranzlehre, wie sie im Nathan oder in der religiösen Erziehung des Menschengeschlechts niedergelegt sei, in sich aufgenommen und erfaßt haben. Jolly erkennt auch, daß dem Minister Fall (und fügen wir hinzu, ihm selbst) die kirchenpolitische Frage eine absolute Principienfrage und von so fundamentaler Bedeutung für den deutschen Staat gewesen sei, daß jeder Wechsel in der Stellungnahme zu derselben für ihn ausgeschlossen gewesen sei, dem Kanzler dagegen sei sie mehr als eine politische Machtfrage erschienen, die je nach verschiedenen Umständen eine verschiedene Betrachtungs- und Behandlungsweise zulasse. Mit der gleichen unbeugsamen Überzeugung, mit der Jolly Anfang der sechziger Jahre seine Ansicht vertreten hatte, erklärte er weiter in dem Aufsatze der Preußischen Jahrbücher, daß das ultramontane System mit unserem Staat so absolut unvereinbar sei, daß ein Kompromiß mit ihm unmöglich sei und praktisch immer nur zur Stärkung des unerbittlichen Gegners führe. Das unmittelbar äußere Objekt des Kampfes sei die Macht, die Wiederbelebung einer uns widerstrebenden, undeutschen, längst vergangenen Jahrhunderten angehörigen Herrschaftsform. Wir hätten alle Ursache, Macht und Herrschaft im Staate zu erhalten, aber auch die nationale geistig-sittliche Bildung, wie sie aus den Ruinen des dreißig-jährigen Krieges unter unendlicher Mühe und Hingebung der Besten des Volkes aus beiden Kirchen sich aufgebaut haben. In diesem Sinne sei der Kampf, so viele unreine und frivole Elemente sich eingemischt haben mögen, ein Kulturkampf in der besten Bedeutung des Wortes; zu über-winden sei der Ultramontanismus nur durch die unausgesetzte, geistig-sittliche Arbeit der Nation und des Staates. Der Aufsatz war die letzte Arbeit aus der Feder Jollys. Er zog sich allmählich auf den Kreis liebgewonnener Freunde und in die Familie zurück. Die Gebrechen des Alters begannen sich körperlich stärker fühlbar zu machen. Am 14. Ok-tober 1891 bereitete ein Herzschlag seinem Leben ein plötzliches Ende; er starb etwas über 68$^{1}/_{2}$ Jahre alt. In Jolly ging ein Mann dahin,

auf den Baden und Deutschland stolz sein dürfen; in nationaler Gesinnung, in mannhafter Überzeugungstreue und Charakterfestigkeit, in
staatsmännischer Begabung kann das Vaterland ihn zu den Besten seiner
Söhne zählen. Es war doch nur eine kurze Spanne Zeit und ein kleiner
Wirkungskreis, in dem er zu schaffen berufen war, und doch sind die
hohen Gaben seines Geistes zur reichen Entfaltung gekommen, die sich
sicherlich auch auf einem größeren Arbeitsgebiet glänzend bewährt hätten.

Baumgarten-Jolly: Staatsminister Jolly. Ein Lebensbild. Tübingen
1897. — Hausrath, Adolf, Zur Erinnerung an Julius Jolly. Leipzig
1899.   Dr. Robert Goldschmit.

Ludwig Friedrich Julius Jolly,

der Sohn des Vorigen, wurde am 5. Januar 1856 zu Heidelberg geboren, wo sein Vater damals als Privatdozent an der Universität deutsches Privatrecht lehrte. Er besuchte das Gymnasium in Karlsruhe,
wohin der Vater nach seiner Berufung in das Ministerium des Innern
übergesiedelt war, vorübergehend auch das Gymnasium in Hamm i. W.,
und erhielt 1874 in Karlsruhe das Zeugnis der Reife, worauf er sich
an den Universitäten Heidelberg, München und Leipzig dem Studium
der Rechte widmete. Nach abgelegtem Staatsexamen im Dezember 1880
unter die Zahl der Rechtspraktikanten aufgenommen, genoß Jolly die
erste praktische Ausbildung bei verschiedenen Gerichts- und Verwaltungs-
behörden des Landes, bestand dann im März 1884 die zweite juristische
Staatsprüfung als einer der Ersten, wurde bald darauf Amtsanwalt in
Karlsruhe, dann Amtsrichter in Pforzheim, 1887 Staatsanwalt in
Waldshut, 1889 in Offenburg, 1893 in Mannheim und noch im gleichen
Jahre in Karlsruhe. Bei seinen hervorragenden Fähigkeiten für den
von ihm gewählten Beruf schien Jolly eine glänzende Beamtenlaufbahn
bevorzustehen. Allein sein Sinn war anderswohin gerichtet. Verlockender
deuchte ihm die Aufgabe, an der politischen Erziehung seines Volkes mitzuarbeiten, ihm ein treuer Berater zu werden in dem Streit der Meinungen
des Tages. Zwar war er zunächst mit Rücksicht auf seine dienstliche
Stellung und die eigenartigen Verhältnisse der nationalliberalen Partei, der einzigen, der er sich anschließen konnte, wenngleich er mit
ihr in manchen Punkten nicht einverstanden war, nur selten in der
Öffentlichkeit hervorgetreten, hatte aber trotzdem schon seit einer Reihe
von Jahren die Entwicklung der politischen Verhältnisse eifrig verfolgt

und als Mitarbeiter verschiedener Zeitungen, so insbesondere auch der Kölnischen Zeitung, mit der Feder in der Hand Stellung zu derselben genommen. Seit 1895 trat er in ein näheres Verhältnis zu der Münchener „Allgemeinen Zeitung", in der eine Reihe von Artikeln über Baden von ihm erschien, die weit über die Grenzen des Landes hinaus Beachtung fanden und die publizistische Befähigung ihres Verfassers unwiderleglich erwiesen. Noch in gleichem Jahre 1895 lud der Verlag der Allgemeinen Zeitung, die sich eben zu ihrer Säkularfeier rüstete, Jolly ein, die Oberleitung der Zeitung zu übernehmen; nach kurzem Bedenken sagte er zu. Um die Mitte des folgenden Jahres siedelte er nach München über, nachdem ihm zunächst ein einjähriger Urlaub bewilligt worden war und Großherzog Friedrich ihm bei seinem Scheiden aus dem Staatsdienst den Titel eines Geheimen Regierungsrats verliehen hatte. Mit Eifer gab er sich der ihm neuen Tätigkeit hin, und mit sicherem Blick und rascher Auffassung wußte er in überraschend kurzer Zeit sich die nötige Sach= und Geschäftskenntnis anzueignen, beherrschte er bald auch die technischen und finanziellen Aufgaben, wie sie die Herstellung einer großen Zeitung mit sich bringt. Bald wurde man auch gewahr, daß ein neuer, belebender Geist in der Redaktionsstube seinen Einzug gehalten hatte. In zahlreichen Leitartikeln nahm Jolly zu den politischen, wirtschaftlichen und sozialen Fragen, die auf der Tagesordnung standen, Stellung: vortrefflich in der Form, gediegen nach ihrem Inhalt, beredte Zeugnisse eines umfassenden Wissens und treffenden Urteils, ragten sie hoch empor aus der Flut der übrigen Produkte der Tagespresse. Ein abgesagter Feind aller einseitigen Interessenpolitik, das Auge stets auf das Gesamtwohl gerichtet, durch Geburt und Erziehung nord= und süddeutsches Wesen in glücklichster Weise in sich vereinigend, wollte er in seiner Zeitung den Reichsgedanken festhalten und pflegen, das gegenseitige Verständnis der deutschen Stämme für ihre Eigenart fördern und eintreten für die Wehrhaftigkeit des Reiches und die hohen Ziele seiner Weltpolitik. Wiederholte Besuche in Berlin eröffneten ihm willkommene Verbindungen in einflußreichen parlamentarischen und staatsmännischen Kreisen; der rege Gedankenaustausch, zu dem sie Anlaß gaben, bot eine Fülle neuer Anregungen und Einblicke. Einem Besuche in Friedrichsruh, bei dem er bis zum späten Abend in lebhaftem Gespräche bei dem großen Kanzler verweilte, bewahrte dieser stets eine freundliche Erinnerung. Als im Sommer 1897 die Flottenvorlage in Sicht war, trat er mit aller Hingebung, deren sein Patriotismus fähig war, in einer Reihe von Artikeln für die seiner innersten Überzeugung nach unerläßliche Verstärkung der Marine in die Schranken. Zu ihren Gunsten ließ er zugleich gegen das Ende des Jahres in seiner Zeitung eine Umfrage ergehen, die bei allen vater-ländisch gesinnten Deutschen die günstigste Aufnahme fand. Aus allen Weltteilen liefen zustimmende und ermunternde Kundgebungen ein; sie bildeten für die Reichsregierung zweifellos eine ebenso willkommene als wertvolle moralische Unterstützung im Kampfe gegen die Opposition und trugen an ihrem Teil gewiß auch zum endgültigen Siege der nationalen Sache im Reichstage bei. Der gesteigerten Arbeit, welche die Enquete durch eine umfangreiche Korrespondenz mit sich brachte, unterzog Jolly sich freudig, in zuversichtlicher Erwartung des Erfolgs. In gleicher Stimmung verfaßte er noch für die Morgennummer vom 20. Februar 1898 einen Leitartikel, in welchem er dem Zentrum die bedenklichen Folgen einer ablehnenden Haltung zu erwägen gab und auf den gesunden Sinn des Volkes hinwies, der in solchen Fragen stets das Richtige zu treffen wisse; er ahnte nicht, daß es die letzten Zeilen waren, die er für die Zeitung schrieb. Sein zarter Körper erwies sich auf die Dauer den Anstrengungen und Aufregungen seines Berufs nicht gewachsen; ein Herzleiden hatte sich unbemerkt eingeschlichen; am frühen Morgen des 20. Februar 1898 setzte ein Schlaganfall vor der Zeit dem hoffnungs-vollen Leben ein Ziel. Aufrichtig, tief und allgemein war die Teilnahme an seinem Geschicke; in der Presse aller Parteischattierungen kam es zum Ausdruck, welch unersetzlichen Verlust die gesamte deutsche Journalistik in ihm erlitten, und seine politischen Gegner waren unter den Ersten, welche hierfür beredtes Zeugnis ablegten. Ein Mann von glänzendem Wissen und hoher politischer Begabung, von vornehmer Gesinnung und lauterem Streben, von nie wankender Überzeugungstreue und hingebender Vaterlandsliebe, und bei all dem von einer rührenden Bescheidenheit und Schlichtheit, — ganz dazu geschaffen, bereinst in leitender Stellung ein geistiger Führer seines Volkes zu werden, war mit ihm dahin-gegangen. (Vgl. den Nekrolog von K. Obser im Biograph. Jahr-buch III (1899) S. 312—316.)

Albana Jörger

wurde am 17. November 1839 in Gengenbach geboren. Sie erhielt ihre Erziehung im Hause des ihr verwandten Professors Alban Stolz in Freiburg, wurde in Straßburg im Jahre 1860 im Mutterhause der barmherzigen Schwestern eingekleidet, bestand ihr Noviciat im großen Spital zu Colmar und legte 1862 ihre Gelübbe ab. Dann kam Schwester Albana in das klinische Hospital nach Freiburg i. Br., wo sie während sechs Jahren unter der Leitung von Professor Kußmaul tätig war. Von da wurde sie als Oberin an das Krankenhaus in Baden versetzt, in welcher Stellung sie besonders während der Kriegsjahre 1870/71 eine ebenso aufopfernde als segensreiche Wirksamkeit ausübte. Nach 17 Jahren ihrer Tätigkeit in Baden wurde Schwester Albana zur Generaloberin der Schwestern vom hl. Vincenz von Paul in Baden gewählt und kehrte in dieser Eigenschaft nach Freiburg zurück, wo sie nun vom Oktober 1884 bis zu ihrem am 15. April 1898 erfolgten Ableben sehr erfolgreich wirkte, eine Reihe von Filialanstalten für Krankenpflege gründete und 62 Stationen behufs der Krankenpflege in kleineren Spitälern des Landes, sowie zur Privatkrankenpflege in größeren und kleineren Landorten ins Leben rief. Ihre Herzensgüte, ihr Wohltätigkeitssinn, ihre Gastfreundschaft und ihre echte Frömmigkeit erwarben ihr Verehrung und Liebe weiter Kreise. Eine unermüdliche Arbeitskraft befähigte sie, den großen Ansprüchen zu genügen, die von allen Seiten an sie herantraten; sie war von einem hervorragenden Organisationstalent unterstützt. Unter den vielen, die nach Schwester Albanas Tode der Ordensgenossenschaft ihre Teilnahme aussprachen, war eine der ersten die Großherzogin Luise von Baden in einem Schreiben, das die ausgezeichneten Eigenschaften der Entschlafenen in vollem Umfang anerkannte. (Biographisches Jahrbuch III, 256.)   v. Weech.

Karl Friedrich Wilhelm Issel

wurde geboren am 9. August 1861 in Eppingen als der Sohn des Gerichtsnotars Wilhelm Issel. Er besuchte zuerst das Gymnasium in Mannheim, dann die höhere Bürgerschule in Überlingen, mußte aber bald wegen schwerer Erkrankung jeden weiteren Schulbesuch aufgeben und sich zur Genesung im Auslande aufhalten. Nachdem er einigermaßen hergestellt war, holte er das Versäumte in unglaublich kurzer Zeit mit eisernem Fleiße und mit staunenswertem Erfolge nach. Seit 1882 studierte er auf den Universitäten Straßburg und Heidelberg. Ursprünglich hatte er die Nationalökonomie zum Gegenstand des Studiums gemacht. Die Persönlichkeit und wissenschaftliche Weise des Straßburger Theologen H. Holtzmann führte ihn der Theologie zu, und zwar einer

Theologie, „die bei aller kritischen Energie und Freiheit auch das religiöse Lebenselement einer warm= und weitherzigen Frömmigkeit mit wirksamer kirchlicher Betätigung zu seinem Recht kommen läßt". Ins kirchliche Amt trat Jffel im Mai 1887 ein als Vikar in Feuerbach, später kam er nach Eppingen. Eine Zeitlang stand er auch — für einen „Liberalen" ganz ungewöhnlich — im Arbeitsfeld der Inneren Mission in Karlsruhe, für die er in der Folge auch seine liberalen Gesinnungsgenossen zu inter= essieren wußte. Hier hat er sich jene große Vertrautheit mit den Nöten und Bedürfnissen des Volkslebens, zumal in den großen Städten, er= worben. Durch längere Reisen, insbesondere nach Norddeutschland, trat er in nahe persönliche Beziehungen zu bedeutenden Männern, wie Dr. Sulze in Dresden und Friedrich Naumann, die den Jüngling als ebenbürtigen Freund behandelten. Und er verdiente es. In ihm lebte die Unternehmungslust des Jünglings, verbunden mit reicher Mannes= erfahrung. Schon als Pfarrverweser in Jttersbach hatte er die Um= wandlung eines damals wenig bekannten Erbauungsblattes in ein reli= giöses Sonntagsblatt größeren Stils, die heutige „Kirche", begonnen. Mit unsäglicher Arbeit, begleitet von dem zaghaften Kopfschütteln selbst vieler treuen Freunde, führte er darauf das Unternehmen von Freiburg aus durch, wo er inzwischen Gefängnisgeistlicher geworden war. Gesund= heitsrücksichten nötigten ihn 1893, sich auf die stille, aber doch arbeits= reiche Landpfarrei Betberg=Seefelden zurückzuziehen. In bescheidener Stellung blieb er dem badischen Kirchendienste treu, obwohl mehrfach glänzende Berufungen auf auswärtige wichtige Posten an ihn ergingen. Freilich seine Wirksamkeit erstreckte sich weit über Badens Grenze hinaus; zunächst durch die „Kirche", welche sich rasch über ganz Deutschland ver= breitete und binnen kurzem 23 000 Abonnenten zählte, sowie durch die Pfennigpredigten „Sonntagsgruß für Gesunde und Kranke". Im Jahre 1897 gründete er den Evangelischen Verlag zu Heidelberg, der für ganz Deutschland eine Zentralstelle zur Herausgabe und Verbreitung religiöser Schriften im Geiste freigerichteter Frömmigkeit werden sollte und durch seine rastlose und geschickte Leitung teilweise auch schon geworden ist. Daneben hörte er nicht auf, an allen wichtigeren Vorgängen auf dem Gebiet der badischen Landeskirche an erster Stelle mitzuarbeiten, wie z. B. an der Gründung des evangelischen Diakonissenhauses in Freiburg und der kirchlich=liberalen Vereinigung Badens. Lesen, Schreiben, Raten, Helfen, Reisen füllte jede Minute des Tages, auch manche Nacht aus. Und daneben versah er mit seltener Treue seinen Pfarrdienst. Nichts

machte seinem Charakter mehr Ehre, als daß er, der Vielgeplagte, auch
da in der Stille seine Pflicht voll tat, wo ihn niemand kontrollieren
konnte. Er arbeitete eben vor Gott und nicht den Menschen; er arbeitete,
wie der Prophet sagt, mit seiner Seele. Aber es war der Arbeit zu
viel für ihn, sein schwächlicher Körper war ihr auf die Dauer nicht
gewachsen. Im Sommer 1899 erkrankte er an einem alten, nie ganz
geheilten Herzleiden. Nach einem Krankenlager von sieben Wochen
nahm ihn am 4. Oktober Gottes Hand in Frieden hinweg. — Sein
Leben war nur Arbeit gewesen. Und der 90. Psalm sagt, daß ein
Leben dann köstlich gewesen ist, wenn es Mühe und Arbeit war. Köstlich war auch die einzige Erholung, die er sich gönnte, sein Familienleben. Am 4. März 1890 hatte er in Helene Finnström, einer Nichte
des Generals von Goeben, des bekannten Heerführers aus dem Jahre
1870/71, eine Lebensgefährtin heimgeführt, welche die außerordentliche
Begabung ihres Mannes voll würdigte und hoch verehrte und seine zehn-
jährige Ehe zu einer außerordentlich glücklichen gemacht hat. (Die Kirche,
Evangelisch-protestantisches Sonntagsblatt 1899 S. 329 ff. — Vergl.
auch Deutsches Protestantenblatt 1899, 366—369. Biographisches Jahr-
buch und Deutscher Nekrolog 4 (1900) S. 110—112.)   *

Franz Ludwig Ulrich Junghanns,

gestorben am 4. August 1897 als Landgerichtsrat zu Offenburg, war
geboren am 1. Oktober 1831 zu Mosbach als ältester Sohn des damaligen
Amtmanns, späteren Geheimrats und Justizministerialdirektors Dr. Karl
Junghanns (vgl. Bad. Biogr. IV. 205 f.) und seiner Gemahlin Klara, geb.
v. Prümmer, einer Tochter des Oberjustizrats von Prümmer in Ulm. Schon
im Alter von einem Jahre verlor er die Mutter durch den Tod. Von
seinem Vater und dessen zweiter Gemahlin sorgfältig erzogen, besuchte er
von 1841 bis 1849 das Lyceum in Karlsruhe. Nach dessen Absolvierung
studierte er 1849 bis 1853 an den Universitäten Heidelberg und Berlin,
legte 1853 die erste, 1856 die zweite juristische Staatsprüfung ab und
wurde, nachdem er als Rechtspraktikant und Referendär beim katholischen
Oberkirchenrat, beim Amtsgericht Donaueschingen und beim Bezirksamt
Breisach praktiziert hatte, 1862 als Amtsrichter in Meßkirch angestellt.
Von da kam er 1864 in gleicher Eigenschaft nach Heidelberg, 1869
nach Offenburg, welches fortan sein Wohnsitz blieb. 1871 wurde er
zum Oberamtsrichter, 1879 zum Landgerichtsrat ernannt, 1885 mit
dem Ritterkreuz I. Klasse des Ordens vom Zähringer Löwen dekoriert.

Franz Ludwig Ulrich Junghanns.

— Gleich seinem Vater, der 1843 bis 1848 und 1849 bis 1860 Mitglied und in den Landtagen von 1855, 1857 und 1859 Präsident der Zweiten Kammer gewesen war, interessierte sich Franz Junghanns frühzeitig für das politische Leben. Während seines Heidelberger Aufenthalts in dem Kampf der Katholiken gegen die gemischte Schule zuerst hervortretend, nahm er teil an den sogenannten wandernden Kasinos und war bei der „Partie Schwarzwildbret", welche am 23. Februar 1865 zu Mannheim „ausgehauen" wurde. Von 1871 bis 1887 vertrat er den Bezirk Tauberbischofsheim in der Zweiten Kammer, wo er sich der katholischen Volkspartei (spätere Fraktion des Zentrums) anschloß und sich als fleißiger Arbeiter und mutiger Vertreter seiner Überzeugung bewährte. Daneben entfaltete er eine unermüdliche Tätigkeit zur Förderung der katholischen Interessen in seiner Heimat Offenburg. Er war mit in erster Reihe beteiligt an der Gründung des katholischen Bürgervereins, des katholischen Vereinshauses, des Vincentiushauses und der Kleinkinderschule. In der zweiten Hälfte der 1870er Jahre verteidigte er auf das nachdrücklichste die Interessen des durch die neue Schul- und Ordensgesetzgebung in seiner Existenz bedrohten Offenburger Frauenklosters und Mädchenpensionats. Auch die katholische Presse unterstützte er und war Aufsichtsratsmitglied der Druckerei- und Zeitungsverlags-Aktiengesellschaft Badenia in Karlsruhe. 1886 aus der Kammer ausgeschieden, wandte er seine Aufmerksamkeit hauptsächlich den Interessen der in immer schwierigere Lage kommenden landwirtschaftlichen Bevölkerung zu und beteiligte sich mit Eifer und Erfolg an der Gründung ländlicher Kreditgenossenschaften. Seinen Rat in juristischen und praktischen Fragen stellte er jederzeit gerne in uneigennützigster Weise zur Verfügung. — Franz Junghanns war ein Mann von umfassender allgemeiner Bildung; auf dem Gebiete der Geschichte und der Völkerkunde besaß er ausgebreitete Kenntnisse. Er liebte die Musik und stimmte in geselligem Kreise gerne ein Volkslied an. Von offenem Charakter, anspruchslos in seinem Wesen, liebenswürdig im Umgang und vornehm in der Denkweise, war er allgemein beliebt und geehrt. Selbst ein entschiedener Katholik, achtete er jede Überzeugung und übte wahre Toleranz. — Vermählt war Franz Junghanns seit dem 4. April 1866 mit Karoline Schulz, Tochter des durch seine politische Stellung gleichfalls bekannt gewordenen Rechtsanwalts Dr. Ludwig Schulz in Heidelberg. Dem glücklichen Bunde entsprossen sechs Kinder, von denen mit der Mutter fünf den Vater überlebten.

Quellen: Familiennachrichten der Familien Sachs, Junghanns und verwandter Familien, herausgegeben von Professor Dr. Joseph Sachs, Baden-Baden, XXI, Februar 1898. — Offenburger Zeitung Nr. 92 vom 5. und Nr. 94 vom 10. August 1897; Ortnauer Bote Nr. 180 vom 5. und Nr. 183 vom 10. August 1897; Babischer Beobachter Nr. 179 vom 10. August 1897; Lahrer Anzeiger für Stadt und Land Nr. 97 vom 19. August 1897. — Persönliche Mitteilungen hinterbliebener Familienangehöriger.

Zehnter.

Leopold Juft,

großherzoglich babischer Hofrat und Professor der Botanik an der Karlsruher Technischen Hochschule, war zu Filehne in der Provinz Posen am 27. Mai 1841 geboren. Nachdem er das Gymnasium zu Thorn absolviert, eine Zeitlang dem Bergfache und von Ostern 1862 ab an der Universität Breslau auch vorübergehend der Medizin sich gewidmet hatte, wählte er, hauptsächlich auf Anregung des berühmten Pflanzenphysiologen Cohn, die Botanik als sein spezielles Fachstudium. Ostern 1865 siedelte er von Breslau nach Zürich über, woselbst die Professoren Heer und Kramer seine Lehrer für Botanik wurden. Schon im Herbst 1866 lehrte er jedoch wieder an die Universität Breslau zurück und promovierte hier im Jahre 1870. Cohn, dessen Privatassistent er eine Zeitlang war, ist der Mann, welcher auf die geistige Entwicklung Justs den größten Einfluß ausgeübt und seiner wissenschaftlichen Richtung die Signatur verliehen hat, mit dem er deshalb auch noch in späteren Jahren stets in regem geistigem Austausch und freundschaftlichem Verkehr geblieben ist. Gemäß der physiologisch-botanischen Richtung seiner wissenschaftlichen Studien und eigenen Forschungen, die er im Jahre 1870 kurze Zeit auch noch in Berlin unter Alexander Brauns und Knys Leitung fortgesetzt hatte, übernahm Just noch in genanntem Jahre die Stelle eines Assistenten am land- und forstwirtschaftlichen Laboratorium des Karlsruher Polytechnikums. Er habilitierte sich 1872 als Privatdozent für Botanik und wurde 1874 zum außerordentlichen Professor für Agrikulturchemie und Pflanzenphysiologie, sowie zum Vorstand des agrikulturchemischen und pflanzenphysiologischen Laboratoriums ernannt. Nach dem Tode Moritz Seuberts (vgl. Bab. Biogr. III. 158 f.) erfolgte seine Ernennung zum ordentlichen Professor der Botanik und Direktor des Botanischen Instituts. Alsbald nach Übernahme seines neuen Lehramts entfaltete er

nach allen Seiten die lebhafteſte Tätigkeit. War er, ein vorzüglicher
Redner, ſchon vorher in kleinem Kreiſe als anregender Lehrer bekannt,
ſo kamen ſeine trefflichen Eigenſchaften von jetzt ab einem weit größeren
Zuhörerkreis zu gute, und ſeine Vorleſungen und Übungen gehörten zu
den beſt= und ausbauernd beſuchten der Hochſchule. Auch im Rate der
Kollegen erwarb er ſich raſch eine einflußreiche und hochangeſehene
Stellung, und hier war es ganz beſonders ſeine ungewöhnlich vielſeitige
Allgemeinbildung, ſein anregender geiſtiger Verkehr und ſein Streben
nach den idealen Zielen geiſtiger Ausbildung der ſtudierenden Jugend,
wodurch er ſich hervortat und ſich bedeutſame Verdienſte um die Karls=
ruher Hochſchule erwarb. Unabläſſig war er beſtrebt, das geiſtige
Niveau des Polytechnikums den Idealen einer wirklichen Hochſchule zu=
zuführen, und wo es deshalb galt das Lehrgebiet zugunſten der Allge=
meinbildung zu erweitern, da fand man in Juſt ſtets den rührigſten,
gewandteſten und treueſten Anwalt. Am erfolgreichſten zeigte ſich aber
ſeine Wirkſamkeit in der Ausgeſtaltung des Botaniſchen Inſtituts. Als
er ſeine Profeſſur übernahm, war ein eigentliches Inſtitut im Sinne
moderner Anſtalten überhaupt nicht vorhanden. Fehlte doch dem Bo=
taniker in Karlsruhe damals noch die unerläßlichſte Einrichtung, der
Garten, und auch die ſonſtigen Einrichtungen waren völlig unzureichend.
Juſts ganzes Streben war deshalb von vornherein darauf gerichtet, der
Hochſchule ein Inſtitut zu ſchaffen, welches den Schweſteranſtalten ſich
ebenbürtig zur Seite ſtellen konnte. Die Fürſorge des Großherzogs,
welcher für das aufblühende Botaniſche Inſtitut ſtets das regſte Intereſſe
zeigte, ermöglichte es durch Überlaſſung eines erheblichen Teils des ehe=
maligen großherzoglichen Gemüſegartens und durch Errichtung der nötigen
baulichen Anlagen, den jetzigen großen und ſehr zweckmäßig eingerichteten
Botaniſchen Garten am ehemaligen Durlacher Tor anzulegen. Auch für
die innere Einrichtung wurden dank der wirkſamen Unterſtützung, deren
ſich dieſes Inſtitut auch ſeitens der Regierung immer zu erfreuen hatte,
die nötigen Mittel gewährt. Raſtlos arbeitete Juſt nun an dem inneren
Ausbau ſeines Inſtituts weiter, und vor allem ſuchte er dasſelbe von
jetzt ab neben den Zwecken des Unterrichts und wiſſenſchaftlicher For=
ſchung auch den praktiſchen Zwecken ſeiner Mitmenſchen dienſtbar zu
machen. Die zuerſt errichtete Samenprüfungsſtation wurde allmählich
zu einer allgemeinen landwirtſchaftlich=botaniſchen Verſuchsanſtalt mit
ausgedehnten Verſuchsfeldern erweitert und ganz beſonders im Intereſſe
einzelner landwirtſchaftlicher Zweige, ſo z. B. des Rebbaus, des Stu=

biums ſpezieller Pflanzenkrankheiten, der Tabakkultur u. a. m. wurden
eingehende Unterſuchungen angeſtellt. Auch eine bakteriologiſche Abteilung wurde errichtet und ſämtliche Abteilungen ſchließlich mit muſter-
gültigen Einrichtungen verſehen. Juſt war vermöge ſeiner ganzen Natur
zu einer ausgedehnten organiſatoriſchen Tätigkeit angelegt. Wenn ihn
dieſes innerſte Weſen ſeiner Perſönlichkeit dazu drängte, an der Erreichung der ſich raſtlos erweiternden Ziele der wiſſenſchaftlichen Praxis
als einer der Erſten mitzuarbeiten, ſo führte ihn doch ein tiefes Bedürfnis immer wieder auch zur reinen Wiſſenſchaft zurück. In ihr
hat er ſich ein bleibendes Denkmal ſeiner geiſtigen Individualität
geſetzt. Seine wiſſenſchaftliche Bedeutung beruht in hervorragender Weiſe
auf einer glücklichen Verbindung von organiſatoriſchem Talent und natur-
wiſſenſchaftlicher Gelehrſamkeit. Im Jahre 1873 gab er den erſten
Band des Botaniſchen Jahresberichts heraus. Es gelang ſeinem ausgezeichneten redaktionellen Geſchick, für die Bearbeitung der einzelnen
Fächer hervorragende Spezialforſcher zu gewinnen, und durch die treff-
liche, überſichtliche Einrichtung des umfangreichen Jahresberichts, die Juſts
eigenſtes Werk iſt, geſtaltete er denſelben zu einem unentbehrlichen lite-
rariſchen Hilfsmittel erſten Ranges. Später war er eine Zeitlang gleichzeitig mit de Bary Redakteur des geleſenſten botaniſchen Journals, der
Botaniſchen Zeitung. Neben dieſer ausgebreiteten redaktionellen Tätigkeit
fand er noch Zeit, ſich auf dem Gebiet der experimentellen Pflanzen-
phyſiologie zu betätigen. Seine beſte Kraft aber wandte er dem landwirtſchaftlichen Verſuchsweſen zu. In ſtets gleichbleibender Hingebung
förderte er dieſes Arbeitsgebiet bis zum letzten Tage ſeines Lebens. Er
trug in dieſes Verſuchsweſen fruchtbare Geſichtspunkte hinein und ſtrebte
mit nie erlahmender Energie dahin, die für die Praxis beſtimmten Feld-
verſuche mit landwirtſchaftlichen Kulturpflanzen auf das engſte mit der
experimentellen phyſiologiſchen Botanik zu verknüpfen. Die Reſultate,
die auf den Verſuchsfeldern der landwirtſchaftlichen Station zu Karlsruhe
gewonnen wurden, fanden ſtets wegen der Sicherheit ihrer Methode all-
gemeines Intereſſe und reiche Anerkennung in den beteiligten Kreiſen.
Sein beſonderes Verdienſt war es aber auch, in rechtzeitiger und richtiger Würdigung der Bedürfniſſe der raſch vorwärtsdrängenden rationellen
Landwirtſchaft durch Wort und Tat immer auf die Erreichung derjenigen
Ziele hingearbeitet zu haben, die zunächſt gewonnen werden mußten,
wenn ein weiterer Fortſchritt möglich ſein ſollte. Dadurch, daß es Juſt
gelang, mehrere Aſſiſtentenſtellen an ſeinen Inſtituten zu gründen, wirkte

er ferner in dem Sinne förderlich, daß jüngeren Kräften die Möglichkeit gegeben wurde, sich zu versuchen und zu entfalten. Gern unterstützte er fremde Arbeiten; wissenschaftliche Untersuchungen, die in seinem Laboratorium angestellt wurden, betrachtete er stets mit demselben Interesse, wie seine eigenen. Unermüdlich war Justs Schaffenskraft und Schaffensfreudigkeit. Als schwere Krankheit seine Kraft beugte, waren doch der Mut und die Lust zur Arbeit nicht geschwunden. Die Energie seines auf geistige Betätigung gerichteten Strebens half ihm fort über die Tage der Erschöpfung und der Sorgen um den Zustand seines Körpers. Just erreichte ein Alter von nur wenig über fünfzig Jahren. Nach längerem schweren Leiden starb er am 30. August 1891 zu Baden-Baden. (Beilage zu Nr. 240 der Karlsruher Zeitung vom 31. August 1892.)

Karl Katz

wurde am 27. September 1810 zu Rastatt geboren, wo sein Vater, Bernhard Katz, 1799 zum Assessor beim fürstlichen Hofratskollegium ernannt, seit 1807 als Rat am Hofgericht wirkte. Nach dem Besuch der Lyceen zu Mannheim und Rastatt, wo sein Vater als Rat am Oberhofgericht, daneben zeitweise als Mitglied der Gesetzgebungskommission, später als Direktor des Rastatter Hofgerichts tätig war, bezog Katz Ostern 1829 die Universität Freiburg. 1833 unter die Zahl der Rechtspraktikanten aufgenommen, begab er sich auf längere Zeit zu weiterer Ausbildung in die französische Schweiz. Das Jahr 1840 brachte seine erste Anstellung als Assessor beim Landamt in Freiburg. Nach einem Jahrzehnt erfolgte seine Versetzung zum Amt Abelsheim; dann 1852 nach Heidelberg. Hier war und blieb, seinem Wunsche entsprechend, sein Wirkungsgebiet in der von ihm hochgehaltenen, ihm liebgewordenen Stellung als Zivil- und Einzelrichter für die Universitäts- und Fremdenstadt, die während seiner dortigen 40jährigen Amtstätigkeit sich nach allen Seiten veränderte. Als Richter war er, wie die Chronik der Stadt Heidelberg für das Jahr 1895 (S. 48), welche sein Bild als Titelbild führt, sagt, wegen seiner streng sachlichen Urteile, aber auch wegen seines humanen Benehmens allgemein sehr geschätzt. Bei mehreren Streitigkeiten von größter Tragweite für die Stadt wurde er zum Obmann des Schiedsgerichts bestellt. Sein Bureau wurde von zahlreichen Juristen, die später in die höchsten Stellungen des Staats traten, zu ihrer Ausbildung aufgesucht. In juristischen Kreisen war er durch seine lite-

rarische Tätigkeit wohlbekannt. Seine Ausgaben des Badischen Landrechts waren in fast jedes Juristen Hand. Sein annotiertes Landrecht
— eine Arbeit von eisernem Fleiß — sowie seine Rechtsfälle enthielten
die Darlegung der badischen civilen Rechtsprechung seit der Einführung
des Landrechts (1810) bis 1886. Mit Reichsrecht beschäftigten sich seine
Kommentare zur Zivilprozeßordnung, zu dem Preßgesetz, dem Haftpflicht-
gesetz u. a. 1890 feierte er in außerordentlicher Rüstigkeit sein 50jähriges
Dienstjubiläum, aus welchem Anlaß er von der juristischen Fakultät der
Universität Heidelberg zum Dr. juris honoris causa und von der Stadt
zum Ehrenbürger ernannt wurde. 1892 trat er in den Ruhestand.
Seiner Gemahlin, der jüngsten Tochter des in weitesten Kreisen be-
kannten Freiburger Verlagsbuchhändlers Bartholom. Herder (vgl. Bad.
Biographien III, 52), folgte er im Tode am 22. Februar 1895.

C. Katz.

Wilhelm Kalliwoda,

Hofkapellmeister und Hofpianist, wurde am 19. Juli 1827 als Sohn des
fürstlich fürstenbergischen Hofkapellmeisters Johann Wenzel Kalliwoda (vgl.
Bad. Biogr. I. 441 f.) zu Donaueschingen geboren; seine Mutter war die
bekannte Prager Sängerin Brunetti, mit welcher J. W. Kalliwoda sich am
15. Oktober 1822 verehelicht hatte; wenn er darum schon in jungen Jahren
ein hervorragend musikalisches Talent bekundete, so war dies nicht zu ver-
wundern. Er bezog, nachdem er das Gymnasium seiner Vaterstadt absolviert
hatte, bereits im 17. Lebensjahre (1844) das Konservatorium zu Leipzig,
welches damals unter Mendelssohn, Hauptmann und Moscheles in ganz besonderer Blüte stand, und verließ dasselbe nach dreijährigen erfolgreichen
Studien mit Auszeichnung. Gerade als der Vater ihn in dem von ihm
dirigierten fürstlich fürstenbergischen Hoforchester zu verwenden gedachte,
veranlaßten die politischen Stürme des Jahres 1848 den Fürsten zur
vorübergehenden Aufhebung dieser Anstalt. Der „alte" Kalliwoda siedelte
nach Karlsruhe über; Wilhelm Kalliwoda ging in die Schweiz, wo er
als Musiklehrer in Aarau seine erste selbständige Tätigkeit ausübte;
noch im gleichen Jahre konnte er übrigens gleichfalls nach der badischen
Residenz kommen, wo ihm Gelegenheit geboten war, als Dirigent des
Kirchenchors an der katholischen Stadtkirche wirksam zu sein. Als im
August 1852 Eduard Devrient zur Leitung des großherzoglichen Hof-
theaters berufen war, führte der ausgezeichnete Josef Strauß — seit
bald drei Jahrzehnten — noch immer den Stab am Dirigentenpult der

Hofoper, und als derselbe nach 40jähriger ruhmvoller Tätigkeit um seine Pensionierung nachgesucht hatte, da rückte für ihn der bis dahin an zweiter Stelle als Musikdirektor tätig gewesene Wilhelm Kaliwoda nach elfjähriger Tätigkeit (seit Eröffnung des nach dem Brande neuerbauten Hauses im Jahre 1853) zum Range eines ersten Hofkapellmeisters vor. Kaliwoda hatte sich als vollendeter Klavierspieler und feinsinniger Musiker und Komponist, wie als Dirigent eines tüchtigen gemischten Chorvereins vielseitige Anerkennung zu erringen gewußt und beliebt gemacht. Bei seiner Beförderung an den Platz des ausscheidenden Josef Strauß wurde ihm aber sofort bedeutet, daß in bezug auf die Direktionsberechtigung neu einzustudierender Opern der von Generaldirektor Eduard Devrient aus Rotterdam berufene Hermann Levi ihm gleichgestellt sei. In hohem Grade bescheiden, kam Kaliwoda dem jüngeren, talentvollen Kollegen in jeder Weise freundlich entgegen. War es Wertschätzung für Levis Befähigung, war es das Bewußtsein, daß er den Anforderungen der neueren Komponisten, insbesondere Richard Wagners, an den modernen „feurigen" Kapellmeister sich nicht gewachsen fühlte — genug, sein neidloses Wohlwollen und anderseits die Energie des emporstrebenden Kollegen brachten es bald zuwege, daß Levi im Theater, wie im Konzertsaal dominierte und Kaliwoda, ehe er sich dessen versah, in eine zweite Stellung geriet, die er denn auch bis zum Jahre 1875 innehatte. Neben seiner dienstlichen Tätigkeit entfaltete der bescheidene, fleißige Mann eine ungemein ersprießliche Tätigkeit als Musiklehrer; als solcher wurde ihm die hohe Ehre zuteil, die Großherzogin Luise und die Prinzessin Viktoria, sowie die Prinzessin Marie von Baden unterrichten zu dürfen. Als Klaviervirtuose erfreute sich Wilhelm Kaliwoda großer Anerkennung; mit einer seltenen Klarheit und Feinheit des Vortrags verband er eine hervorragende Technik. Um das Musikleben der Residenz erwarb er sich große Verdienste, indem er einmal den „Philharmonischen Verein" begründete und zur schönsten Blüte brachte, dann aber auch, indem er jederzeit in der uneigennützigsten Weise zur Stelle war, wo es galt, festlichen, insbesondere humanen Veranstaltungen eine musikalische Weihe zu verleihen. Als Komponist machte er sich vorteilhaft bekannt durch die Komposition einer größeren Messe, verschiedener kirchlichen und weltlichen Lieder und seinerzeit sehr beliebter Orchester- und Klavierstücke; er folgte in seiner Kompositionsweise mit Vorliebe der Richtung seines einstigen Lehrers Mendelssohn. Leider erlitt seine vielseitige Tätigkeit bereits im Jahre 1866 infolge eines Nervenfiebers eine störende Unterbrechung, und es machten sich die Nachwirkungen der schweren Erkrankung lange Zeit auch in einer für seine öffentliche Wirksamkeit sehr störenden Weise fühlbar; gleichwohl wurde seine musikalische Befähigung wenig davon beeinflußt, und Kalliwoda blieb bis zu seiner Auflösung, welche nach sechsmonatlichen schweren, aber mit musterhafter Geduld ertragenen Leiden, am 8. September 1893 erfolgte, der seine Klavierspieler, der gelehrte Kenner der alten Musikliteratur und der liebenswürdige Beurteiler der neuen Erscheinungen, für welche er Freunden gegenüber mehr hatte als ein bedenkliches Kopfschütteln. Dr. Cathiau.

Edmund Kamm

war am 20. Juni 1825 zu Wertheim geboren als der dritte Sohn des damaligen Kreisassessors, späteren Geh. Finanzrats Josef Kamm und dessen Gattin Isabella Veronika, geb. Junghanns, Tochter des Kreisrats Franz Junghanns und Schwester des nachmaligen Justizministerialdirektors Geh. Rat Karl Junghanns. In dem elterlichen Hause (seit 1826 zu Karlsruhe) erhielt E. Kamm unter Leitung des strengen, aber verständigen Vaters und der vielbegabten frommen und feinfühlenden Mutter eine sorgfältige Erziehung. Nach Zurücklegung des Gymnasiums in gleicher Klasse mit Josef Scheffel absolvierte der Jüngling durch bewegte Jahre — vom Oktober 1843 bis 1847 — auf den Universitäten Heidelberg und Jena das Studium der Jurisprudenz. Unter dem 2. November 1848 erlangte er mit der Note „gut" die Rezeption als Rechtspraktikant. Als Hilfsarbeiter bei den Bezirksämtern Rastatt, Waldkirch, Freiburg und beim großherzoglichen Finanzministerium, nach mehrmonatlichem Aufenthalt in Frankreich wieder zu Karlsruhe als Amtsrevisoratsassistent, seit Januar 1852 als Amtsverweser zu Bühl, dann in Offenburg als Sekretär beim großherzoglichen Hofgericht des Mittelrheinkreises, 1854 als Amtsverweser in Bretten, seit dem 6. Juli 1854 als Referendar, wurden die Praktikantenjahre verbracht. Vom 29. Februar 1855 datiert die erste landesherrliche Anstellung als Amtsassessor in Schönau. Es folgten die Ernennungen unterm 19. Dezember 1857 zum Amtsrichter in Pforzheim, 3. März 1862 als Hofgerichtsassessor in Konstanz, 2. Oktober 1863 als Hofgerichtsrat daselbst, 15. Juli 1864 zum Kreisgerichtsrat in Konstanz, 21. Oktober 1869 zum Appellationsgerichtsrat in Karlsruhe, vom 13. August 1877 zum Oberhofgerichtsrat in Mannheim, vom 8. Mai 1879, mit Wirksamkeit vom 1. Oktober

1879 an, als Oberlandesgerichtsrat in Karlsruhe, vom 18. Februar 1892 zum Landgerichtspräsidenten in Mosbach, 26. September 1893 zum Landgerichtspräsidenten in Konstanz. Durch Staatsministerialentschließung des Großherzogs vom 1. November 1893 wurde er in die Erste Kammer der Ständeversammlung berufen. Er starb am 7. April 1895 in Konstanz. — In seiner juristischen Wirksamkeit bewährte Kamm scharfe und schnelle Urteilskraft bei umfassenden Kenntnissen, die Befähigung innerhalb der Gesetze das materielle Recht zu fördern, einen unermüdlichen Fleiß. Seine Darstellung war kurz und lichtvoll. An seinem Präsidium bewunderte man das Talent, überall klar das Wesentliche hervorzuheben, das Anregende seiner Ausführungen, die rücksichtsvolle Würdigung der verschiedenen Argumente. Seine politischen Grundsätze waren gesicherte. Er fand jedoch in denselben kein Hindernis, aus den scheinbar unversöhnlichen Gegensätzen unter Ablehnung schroffer Einseitigkeiten das Wertvolle aufzunehmen. Freimütigkeit und Loyalität vereinigten sich in ihm ohne Widerspruch. Er fühlte mit dem Volke und war von vollkommener Uneigennützigkeit. So konnten von ihm auch auf politischem Gebiete, entsprechend dem besonderen Vertrauen des Großherzogs, vorzügliche Dienste erwartet werden. Mit Nebenbeschäftigungen war Kamm während seiner Anstellung in Karlsruhe reichlich belastet. Jahrelang gehörte er dem engeren Verwaltungsrate der Allgemeinen badischen Versorgungsanstalt und dem Bürgerausschusse als Mitglied an. Besonderen Dank erwarb er sich als hervorragender Mitarbeiter im Badischen Frauenvereine. Nur auf Schonung seiner Gesundheit war er allzuwenig bedacht. Im privaten Verkehr erfreute die offene, heitere Herzlichkeit. (Beilage zur Karlsruher Zeitung vom 15. Mai 1895.)

Karl Kappes,

am 25. Juli 1825 zu Ettlingen geboren, wurde in bescheidener Häuslichkeit erzogen, und früh schon des Vaters beraubt, erwuchs der Knabe mit zwei Brüdern unter der sorglichen Pflege einer Mutter, die für ihrer Kinder Erziehung alle Opfer brachte. Nach einer Vorbereitung auf der Ettlinger Lateinschule und dem Lyceum zu Rastatt besuchte er das Lyceum zu Freiburg i. B., worauf er nach bestandener Abgangsprüfung die dortige Hochschule bezog. Während der 1844 beginnenden Studienzeit widmete sich der junge Student neben der klassischen Philologie mit nicht minderem Eifer der Philosophie und Mathematik, und

durch sein ganzes Leben bewahrte er den Männern herzliche Dankbarkeit, die für seine geistige Ausbildung vom höchsten Einfluß waren. In
erster Linie war es Anselm Feuerbach und neben ihm Anton Baumstark,
damals noch zugleich Lyceal- und Universitätslehrer, die den Werdegang
von Kappes bestimmten. Aber auch die Einflüsse des Geschichtschreibers
J. H. Schreiber, des Philosophen Jakob Sengler und des Mathematikers
Ludwig Öttinger waren nicht vorübergehende, sondern wirkten bis in
das Greisenalter nach. Nach dreijährigem Universitätsstudium bestand
Karl Kappes ehrenvoll die Staatsprüfung. Seine Lehrtätigkeit begann
der junge Praktikant mit einer Wanderzeit, die ihn in raschem Wechsel
nach Konstanz, Bruchsal und Durlach führte. Doch schon Ende Februar
1849 sollte dieses unstäte Leben ein Ende haben, indem Kappes eine
dauernde Lehrstelle am Lyceum zu Freiburg erhielt, wo ihm dann ein
ununterbrochenes Wirken bis zum Jahre 1862 vergönnt war. Seitdem
im Jahre 1848 Baumstark ganz zur Universität übergetreten war, wurde
dieses Lyceum von Anton Noll (vgl. Bad. Biogr. II. 111 f.) geleitet, in dem
Kappes einen Vorgesetzten fand, der sich ihm in allen Lebensfragen, amt-
lichen wie persönlichen, als väterlicher Freund und Berater erwies, und
dem er bis in die letzte Stunde hinein ein Gefühl dankbarer Verehrung
widmete. Im Einverständnis mit Noll geschah es auch, daß Kappes sich
1862 — die Freiburger Verhältnisse waren zwar gut und schön, aber aus-
sichtslos — um eine Stelle am Konstanzer Lyceum bewarb, die er aber, so
angenehm der Aufenthalt in der schönen Stadt war, schon im Frühjahr 1866
verließ, um als Nachfolger des nach Bruchsal versetzten Cyriak Duffner
die ihm angebotene Stellung als Gymnasiumsdirektor zu Donaueschingen
zu übernehmen. Nach siebenjährigem Aufenthalte verließ er die durch
ein reges gesellschaftliches und geistiges Leben ausgezeichnete kleine Stadt
wieder, um den verantwortungsvolleren Posten als Direktor des Karlsruher Realgymnasiums einzunehmen, das unter seiner festen Hand zu
einer blühenden neunklassigen Schule sich auswuchs, die an Bedeutung
keinem deutschen Realgymnasium nachsteht. Als Nachfolger von
K. A. Mayer widmete Kappes dieser Anstalt über 20 Jahre hindurch
seine ganze Kraft und war bis zum letzten Augenblick ein treuer Diener
seiner Pflicht, noch auf seinem Posten in den Tagen, da schon eine ver-
hängnisvolle Krankheit ihn erfaßt hatte. Ein Influenzaanfall, der eine
beiderseitige Lungenentzündung im Gefolge hatte, machte in wenigen
Tagen seinem Leben am 24. Dezember 1893 ein jähes Ende. Die
Schule erlitt durch seinen Tod einen schweren Verlust, sie verlor in ihm

einen Vertreter, einen Freund, dessen ganzes Dasein nur von seiner
Schularbeit erfüllt war. Wohl war seine Natur wesentlich eine praktische; doch hatte er einen guten Namen unter den pädagogischen Schrift-
stellern. Neben Ausgaben römischer Klassiker, des Virgil und des Sallust,
die vielfach in deutschen Schulen im Gebrauch sind und aus des Verfassers eigenem Unterricht erwuchsen, ist es besonders ein Schulgeschichts-
buch, das, für die elementare Behandlung dieser Wissenschaft bestimmt,
eine größere Anzahl Auflagen erlebt hat. In Programmen, nicht minder
aber auch in Aufsätzen und Broschüren von mancherlei Art, hat Kappes
die Erfahrungen und Resultate seiner mehr als vierzigjährigen Tätigkeit
als Lehrer und Erzieher niedergelegt, und wenn wir in seiner Donau-
eschinger Zeit den Arbeiten zu Virgil, zum lateinischen Wörterbuch eine
schätzenswerte Arbeit „Über Naturanschauung bei der studierenden Jugend"
zur Seite gehen sehen, wenn der Mann, zu dessen ersten literarischen
Arbeiten „Erläuterungen zur Geschichte der römischen Ritter unter den
Königen" gehören, vor allem die Interessen der modernen Geschichte, der
modernen Sprachen vertreten hat, so ist dies der beste Beweis einer selten
zu findenden allumfassenden Geistesbildung, die, während sie stets die
einzelnen Teile der Wissenschaften vor Augen hat, doch nie den Zusammenhang des Ganzen aus dem Blick verliert. So suchte er stets auch den
Unterricht im notwendigen Austausch zu erhalten mit den Forderungen
einer Zeit, von der er wohl wußte, daß sie wie keine andere neubildend
ist auf allen Gebieten, und wie er alles Unfertige, Unsichere aus dem
Unterricht verbannte, so war er doch nicht gewillt, zäh an dem zu halten,
über das hinweg die Entwicklung weiterging. Denn sein Streben ging
stets dahin, die Forderungen der Gegenwart mit dem ungestörten Gang
der Erziehung und Bildung zu versöhnen, und nicht als ein Wunder an
Gelehrsamkeit sollte der Schüler seine Anstalt verlassen, sondern vor allem
ausgestattet mit „offenem Auge für Schönheit und Notwendigkeit philo-
sophischer Anschauung und Auffassung". Kappes war vom Gymnasium
ausgegangen und wie durch einen Zufall in eine andere Bahn gekommen.
Seine Dankbarkeit der Schule gegenüber, der er seine geistigen Grund-
lagen verdankte, ist nie geschwunden; doch wo er für das Realgymnasium
eintrat, da geschah dies stets aus vollster Überzeugung. Er sah dasselbe
als etwas durch geschichtliche Notwendigkeit Gewordenes an und suchte
seine Interessen nach bestem Wissen und Gewissen zu fördern. Stets
hat er es betont, daß auch das Realgymnasium seine Zöglinge wurzeln
lassen muß in der altklassischen Kultur und ihrem Geistesleben; doch

betonte er auf der anderen Seite die Unerläßlichkeit innigen Zusammen-
hangs mit dem geistigen Leben der Gegenwart, für die sein Herz warm
schlug. Aber eben diese warme Empfindung für die Gegenwart ließ ihn,
den glühenden Patrioten, auch stets die vaterländische Seite aller Erziehung energisch betonen, und die Hunderte, die jährlich zur Kaiserfeier
seiner Anstalt strömten, empfanden den nationalen Geist des Mannes
vollkommen. Deutsch war er in allen Fasern, und der Echtheit und
Gediegenheit dieses Wesens tat es keinen Eintrag, daß er ein Wesen von
süddeutsch-derbem und kernigem Charakter war, rauh wohl zuweilen in
die Erscheinung tretend und herb in der Verfechtung des Verlangens
voller Hingabe an die Pflicht, Schülern wie Lehrern gegenüber. Doch
dieser vielfach mißverstandenen Seite seines Charakters stand ein Herz
gegenüber, das so warm schlug wie bei irgend einem Menschen. (Beilage zu Nr. 88 der Karlsruher Zeitung vom 1. April 1894.)

Alexander Kaufmann

wurde am 14. Mai 1817 zu Bonn, wo die Familie seit vielen Jahren
ansässig und ein Bruder von ihm später Oberbürgermeister war, als
Sohn des ehemaligen Maires von Abendorf geboren. Ursprünglich zum
Buchhandel bestimmt, wurde er gemeinsam mit den Söhnen des Kurators
Rehfues für die Reifeprüfung vorbereitet und bezog 1838 die Universität,
um die Rechte zu studieren. Diese seine Studien gelangten jedoch zu
keinem richtigen Abschluß, da ihm seine starke Neigung für Geschichte
und Literatur sowie seine poetische Begabung eine andere Richtung gaben.
Schon als Student gehörte er dem von Simrock und Kinkel gegründeten
poetischen „Maikäferbund" an und lieferte zahlreiche Proben seines dich-
terischen Könnens. Von 1844 an war er anderthalb Jahre Erzieher
des Erbprinzen Karl zu Löwenstein-Wertheim-Rosenberg. Danach nahm
er seine historischen und philologischen Studien wieder auf, als deren
erste Frucht 1850 die Simrock und Böhmer gewidmeten anmutigen
Mitteilungen über Cäsarius von Heisterbach erschienen. Im Sommer
dieses Jahres berief ihn sein voriger Schüler, der nunmehrige Fürst
Karl zu Löwenstein, als Archivrat nach Wertheim, wo er dann als treuer,
pflichteifriger Beamter des fürstlichen Hauses mehr als 40 Jahre bis
an seinen Tod beschäftigt war. Im Jahre 1852 veröffentlichte er die
erste Sammlung seiner Gedichte, im folgenden, durch Simrocks „Rheinsagen" angeregt und des Vorbilds würdig, seine „Mainsagen". Im

Frühjahr 1857 heiratete er Mathilde Binder, eine Tochter des ehemaligen Bürgermeisters von Nürnberg, als Dichterin und Schriftstellerin unter dem Namen „Amara George" bekannt, mit der er die poetische Tätigkeit fleißig weitertrieb und mit ihr und Daumer 1858 die „Mythoterpe, ein Mythen-, Sagen- und Legendenbuch" herausgab. 1862 erschienen seine bedeutendsten Leistungen auf dem Gebiet der Sagen- und Kulturgeschichte, zunächst die erweiterte und vorzügliche Bearbeitung seiner früheren Schrift über Cäsarius von Heisterbach, sodann die „Quellenangaben und Bemerkungen zu K. Simrods Rheinsagen und A. Kaufmanns Mainsagen". Die Sagenforschung hatte damals noch keineswegs die in unserer Zeit gewonnene Schärfe und Sicherheit erlangt. Umsomehr ist Kaufmanns treffendes Urteil und eindringende Gelehrsamkeit zu schätzen, der mit scharfem Blick die Spreu vom Weizen sondert und durch keine landschaftliche Vorliebe sich verleiten ließ, verfälschte Ware als echt in Umlauf zu setzen. 1871 ließ er eine zweite Sammlung Gedichte „Unter den Reben" drucken, und Musen-Almanache, wie gelehrte Zeitschriften bewarben sich um seine Teilnahme. Den Doktortitel hatte er am 26. August 1857 von der Universität Tübingen erhalten, viele historische Vereine ernannten ihn zum Ehrenmitglied. Seine literarische Tätigkeit erstreckte sich vornehmlich auf die Erforschung und Darstellung der Sagen- und Kulturgeschichte Frankens, worüber er zahlreiche Abhandlungen, besonders im „Archiv des historischen Vereins für Unterfranken und Aschaffenburg" veröffentlichte, sowie auf die Geschichte des Hauses Löwenstein, dessen reichhaltiges, bei seiner Berufung noch ungeordnetes Archiv er durch eine zweckmäßige Einteilung für Amt und Wissenschaft erst recht nutzbar machte. Daneben ordnete er 1869—70 das Dalbergsche Familienarchiv in Aschaffenburg, 1876 das gräflich-Erbachsche Archiv in Erbach. Außer dem Archiv oblag ihm noch zu Wertheim die Bearbeitung der Schulsachen und der dem fürstlichen Hause zahlreich zustehenden Patronatsrechte. 1888 und 1891 erschienen seine „Wunderbaren und denkwürdigen Geschichten aus den Werken des Cäsarius von Heisterbach", 1892 eine Schrift über den Gartenbau im Mittelalter und während der Renaissance, 1893 eine Bearbeitung des für die Kulturgeschichte des 13. Jahrhunderts so überaus wichtigen Werkes des Thomas Cantipratanus De rerum natura. Eine deutsche Kulturgeschichte des Mittelalters zu schreiben, wozu er wie kaum ein zweiter befähigt gewesen wäre und wozu er die umfassendsten Vorarbeiten gemacht und zahlreiche Manuskripte, wie die eines „Kulturhistorischen

Wörterbuchs" hinterlassen hat, dazu kam er leider nicht. Am 1. Mai 1893 ereilte den allzeit heiteren und liebenswürdigen Menschen, Dichter und Gelehrten der Tod zu Wertheim am Main.

*

Adolf Keller,

geboren zu Grünsfeld am 14. März 1813 als Sohn des fürstlich salm-schen Justizamtmanns Josef Keller, begann seine militärische Laufbahn im badischen Kadettenkorps und wurde am 9. Juli 1833 zum Leutnant im damaligen 1. Infanterieregiment ernannt. Kommandierungen zur höheren Offiziersschule und zu den ersten Versuchen zur Einführung von gezogenen Handfeuerwaffen, der Wildschen Büchse 1843, seine Verwendung als Bataillons- und Regimentsadjutant zeigen, daß schon in dem jungen Offizier die militärische Tüchtigkeit erkannt wurde. 1844 wurde er im Leib-Infanterieregiment zum Hauptmann ernannt und als solcher 1845 in das 4. Infanterieregiment versetzt. In diesem Regiment, im Bataillon von Porbeck, machte er den Feldzug von 1848/49 in Holstein mit, wo er im Gefecht bei Ulderupp, 6. April 1849, die Feuertaufe erhielt. Während er hier vor dem Feinde stand, spielten sich in der Heimat die traurigen Ereignisse des Frühjahrs 1849 ab, welche ihm so mit erleben zu müssen erspart blieb. Bei der Neuorganisation des Armeekorps verblieb er in seinem bisherigen Bataillon, dem jetzigen 1. Infanteriebataillon, bis er bei der Neuaufstellung der Regimenter im Oktober 1852 in das 2. Fü-silier- und von hier wieder 1856 unter Ernennung zum Bataillonskom-mandeur in das 3. Infanterieregiment versetzt wurde. Am 29. Januar erfolgte seine Beförderung zum Kommandeur des 1. Füsilierbataillons, in welcher Stellung er seine besondere Befähigung für Truppenausbildung zur Geltung zu bringen wußte. Bei Errichtung des 5. Infanterieregi-ments, 16. Februar 1861, wurde er zum Kommandeur desselben ernannt und am 2. August 1862 zum Oberst befördert. An der Spitze dieses Regiments rückte er im Juni 1866 in das Feld und wenn auch bei den ungünstigen militärisch-politischen Verhältnissen, unter welchen die badi-schen Truppen damals fochten, der Erfolg im Gefecht den braven Truppen versagt blieb, so bewährte sich doch auf dem Gefechtsfelde bei Hundheim die vortreffliche Disziplin und der kriegerische Geist, welchen Oberst Keller dem Regiment einzupflanzen verstanden hatte. Die Neuorganisation der badischen Division im Jahre 1867 brachte Oberst Keller an die Spitze der neu errichteten 3. Infanteriebrigade, welche sich aus den Regimentern 4 und 5 zusammensetzte und ihren Sitz in Freiburg hatte. Die ernste Friedensarbeit, welche jetzt wieder begann, galt vor allem der Einführung der preußischen Heereseinrichtungen und Truppenausbildungsmethode, welche sich in den Kämpfen von 1866 so glänzend bewährt hatten. Mit der ihm eigenen Tatkraft und mit dem klaren Blick für die durch Einführung der Hinterlader gebotenen neuen taktischen Formen widmete sich Oberst Keller, der schon im Februar 1868 zum General aufrückte, mit dem besten Erfolg der Ausbildung seiner Brigade. Bei der Mobilmachung am 15./16. Juli 1870 wurde die Brigade nach Rastatt berufen, um sich hier auf Kriegsfuß zu setzen, was auch ohne besondere Störung gelang, da der stündlich erwartete französische Angriff von Straßburg aus nicht erfolgte. Am 2. August überschritt General Keller mit der aus dem 3. und 5. Infanterieregiment gebildeten sogenannten 3. kombinierten Brigade bei Maxau den Rhein, womit für ihn eine ebenso wechsel- als bedeutungsvolle kriegerische Tätigkeit begann. Als nach der Schlacht von Wörth, in welcher die badischen Truppen nicht mehr zum Gefecht kamen, die Division zur Einschließung von Straßburg abrückte, wurde Keller beauftragt, die Westseite von Stützheim bis zur Breusch zu besetzen. Mitte August wurde die Brigade auf die Südseite der Festung geschoben und ihr zugleich die Beobachtung des oberen Elsaß übertragen. Sie erhielt zu diesem Zweck eine Verstärkung von 1 Bataillon (Füsilier-Bataillon 6. Inf.-Regts.), 8 Schwadronen und 4 Batterien. Das immer kühnere Auftreten einzelner Franktireursbanden und neuformierter Mobilgarden veranlaßte im September das Oberkommando, die Entsendung einer stärkeren fliegenden Kolonne in das obere Elsaß anzuordnen, mit deren Führung General Keller beauftragt wurde. Mit 4 Bataillonen, 8½ Eskadronen, 3 Batterien und 1 Pionierdetachement — das 3. Regiment blieb vor Straßburg zurück — trat General Keller am 13. September von Benfeld aus den Marsch nach Süden an und erreichte zwischen den Festungen Schlettstadt und Neu-Breisach hindurch am 14. nach leichtem Gefecht mit der Vorhut Colmar, am 16. Mülhausen, wo das bei Neuenburg über den Rhein gesetzte Detachement Bauer zu ihm stieß. Überall wurde die Bevölkerung ohne Widerstand entwaffnet und durch das rasche Vordringen der Kolonnen bis gegen die Schweizer Grenze das badische Oberland von der Besorgnis eines feindlichen Einfalls befreit. Nach der Übergabe von Straßburg übernahm Keller infolge der Erkrankung mehrerer Generale die Führung der badischen Division bei dem Vormarsch über die Vogesen in der Richtung auf Besançon. In den Gefechten von Rioz, Perouse und Buthier am Ognon, durch welche die Franzosen über diesen Fluß zurückgeworfen wurden, befand sich General Keller wieder an der Spitze seiner Brigade. Es folgten nun der Zug nach Dijon und die aufreibenden, faft täglichen kleineren Kämpfe und Hin- und Herzüge in der Côte d'or, welche nur zeitweilig durch größere Gefechte gegen ftärkere feindliche Truppenverbände unterbrochen wurden. An diesen kleinen Zusammenstößen waren die Truppen des Generals Keller vielfach beteiligt. Eine größere Unternehmung fiel ihm zu, als es galt die bei Prenois am 26. November zurückgeworfenen Scharen Garibaldis vollends zu zerstreuen. Er verfolgte die Garibaldianer bis nach Autun, wurde aber auf dem Rückmarsch bei Chateauneuf plötzlich von dem französischen General Cremer in der Flanke angegriffen und war in Gefahr, von Dijon abgeschnitten zu werden. Aber dem Heldenmut der Truppen und der Geistesgegenwart des Führers gelang es, den bedrohlichen Angriff abzuweisen und die Straße nach Dijon wieder freizumachen. Bei dem Abmarsch des XIV. Armeekorps von Dijon am 27. Dezember bildete die Brigade Keller die Nachhut und hatte den Marsch gegen Beunruhigungen von Westen und Süden her zu decken. Am 30. Dezember trat sie bei Gray mit dem Feind in Fühlung und hatte wiederholt kleinere Gefechte zu bestehen, bis sie am 12. Januar in die Stellung vor Belfort einrückte. In der Schlacht von Belfort selbst befehligte General Keller die Reserve, welche General v. Werder zu seiner besonderen Verfügung zurückhielt. Als dann am zweiten Tag die schwache Abteilung des Generals v. Degenfeld Chenebier und Frahier vor der drohenden Umfaffung durch drei französische Divisionen räumen mußte und die Lage auf dem rechten Flügel sich höchst kritisch gestaltete, wurde General Keller noch in der Nacht zum 17. mit 8 Bataillonen entsandt, das Gefecht hier wieder herzustellen. Der Überfall von Chenebier in der Frühe des 17. gelang zwar nur teilweise, immerhin hatte der energische Vorstoß auf die französischen Heerführer so einschüchternd gewirkt, daß sie vor weiteren Unternehmungen auf diesen Teil des Schlachtfeldes zurückschreckten und sich mit der Behauptung ihrer Stellung begnügten. Damit war die gefährlichste Krisis für das Werdersche Korps in den dreitägigen schweren Kämpfen an der Lisaine glücklich überwunden, und tief erschüttert trat das französische Heer am folgenden Tag den Rückzug an. An diesem glücklichen Ausgang der Schlacht hatte somit neben der heldenmütigen Tapferkeit aller Truppen General Keller durch seinen geschick angelegten und entschlossen ausgeführten Vorstoß bei Chenebier in der Frühe des 17. Januar hervorragenden Anteil. Bald nach Beendigung des Krieges in den Ruhestand getreten, nahm Keller seinen Wohnsitz in Freiburg, welche Stadt ihm durch langjährigen dienstlichen Aufenthalt besonders lieb geworden war. Hier starb er als Generalleutnant z. D. am 23. September 1891. — Ein mit besonderer militärischer Begabung ausgestatteter Offizier, ein tüchtiger Truppenführer, ein vortrefflicher, ritterlicher Charakter, hatte er sich die Liebe und Verehrung seiner Untergebenen, die Hochachtung und besondere Wertschätzung seiner Kameraden und aller, welche ihm näher standen, zu erringen gewußt. (Badisches Militärvereinsblatt 1891, 195 f., 204.)

Friedrich Kiefer.

Unter den Patrioten, die in ernster, hochgerichteter Lebensarbeit für das Wohl unseres engeren Heimatlandes, wie für die nationalen Ziele Deutschlands im öffentlichen Leben standen, und ebenso in Tagen mächtigen Aufschwungs, wie in Zeiten schwankender politischer Stimmungen mit Hingebung, Kraft und Selbstlosigkeit die zu beschreitenden Wege wiesen und bahnten, wird Friedrich Kiefer immer einen Ehrenplatz bewahren.

Geboren im Jahre 1830 am 14. Januar zu Mappach bei Kandern als das einzige Kind des damaligen evangelischen Hauptlehrers Friedrich Kiefer, der später als tüchtiger Schulmann in Heidelberg, Freiburg und Karlsruhe eine hochgeachtete Wirksamkeit übte, erhielt der begabte und lernfreudige Knabe eine sorgfältige Erziehung. Seine Mutter, mit der ihn ein besonders inniges Verhältnis verband, war die Tochter des Oberförsters Näher aus Kandern. Nach dem Besuch des Pädagogiums in Lörrach und des Gymnasiums in Freiburg bezog er im Jahre 1849 die Universität Heidelberg, die damals sowohl in der juristischen Fakultät (Vangerow) als in andern Fächern Namen von höchster Bedeutung aufwies. Schon hier zeigten sich in dem jungen Studenten alle Eigenschaften, die den späteren Mannesjahren das Gepräge gaben: ideales Streben und sittlicher Ernst, gepaart mit Mut und ausdauernder Energie. Beim Corps der „Schwaben", dem er angehörte, war er ein weithin „renommierter Schläger", wußte aber als Senior die Mensuren aus dem Niveau roher und öder Paukereien emporzuheben und ihnen einen romantischen Zug von Ritterlichkeit zu verleihen. Auch später noch, als Ehrenmitglied, vermochte er einen veredelnden Einfluß auf das geistige Leben der Verbindung auszuüben. Ein Zeugnis hierfür findet sich in einem Brief des unlängst verstorbenen Ministers v. Bosse, eines Corpsbruders: „Ich hatte ihm als Student nicht nur nahegestanden, sondern habe ihm für seine vorbildliche Lebensführung und für die kraftvolle Anleitung zu allem Guten, die er uns Jüngeren zuteil werden ließ, durch mein ganzes Leben innige Dankbarkeit und Liebe bewahrt". Von grundlegender Bedeutung aber für die ganze Richtung des späteren Politikers war die befruchtende Einwirkung, die der empfängliche Student selber erhielt von den großen Historikern Schlosser und Häusser, in deren Hörsäle und persönliche Kreise ihn früherwachte Neigung und Begabung für geschichtliches Wissen führten. Nach gutbestandener juristischer Staatsprüfung (1854) und einer kurzen Praktikantenzeit in Heidelberg und Freiburg lernte Kiefer als Referendär in Emmendingen seine Frau, Marie Stud, kennen, mit der er sich im Jahre 1861 zu glücklicher Ehe verband. Nun folgten vorübergehende Verwendungen in Karlsruhe als Sekretär im Oberschulrat und im Justizministerium, die 1864 mit der Ernennung zum Staatsanwalt beim damaligen Kreis= und Hofgericht Offenburg ihren Abschluß fanden.

Hier in Offenburg erfolgte bald der Eintritt in die politische Arbeit, in Gemeinschaft mit den dort wohnenden älteren Landtagsabgeordneten Eckhard, Gerbel und v. Feder. Es war vor allem die Schulfrage, die sich damals in einem kritischen Entwicklungszustand befand. Die auf diesem Gebiet von der badischen Regierung im Sinne der landesherrlichen Proklamation von 1860 begonnenen Reformen, besonders die Einsetzung des Oberschulrats als oberste Schulbehörde und des Ortsschulrats als Lokalschulbehörde, hatten bei den Ultramontanen gewaltige Entrüstung erregt und zu Demonstrationen im ganzen Land — „wanderndes Kasino". — und einer weitgehenden Erregung der Massen Veranlassung gegeben. Die Enthebung des Geh. Rats Dr. Knies von der Vorstandschaft des neugeschaffenen Oberschulrats erschien als ein Zugeständnis dieser Bewegung gegenüber. Wie sich Kiefer zu diesen Dingen stellte, und in welcher Weise er politisch einsetzte, erfahren wir am bezeichnendsten aus einem Briefe vom November 1865 an den ihm aus der Heidelberger Zeit noch nahestehenden damaligen Ministerialrat Rudolf von Freydorf. Anknüpfend an die Mitteilung seiner Wahl zum Landtagsabgeordneten für Lahr schreibt er: „Ich habe mich zur

Annahme der Wahl entschlossen, da ich — in bescheidenster Würdigung meiner Kraft — jedenfalls durch entschiedene, nach keiner Seite zweifelhafte Haltung in einer Zeit wiederbeginnender Achselträgerei und überflüssiger Loyalitätskundgebungen einiges Gute zu bewirken imstande sein werde. Es wird Eckhard, mir selbst und den andern Freunden nur dann möglich sein, die alte Vertrauensstellung gegenüber dem Ministerium beizubehalten, wenn wir durch Tatsachen — nicht Versicherungen in der Karlsruher Zeitung — überzeugt werden, daß jene Politik der Zaghaftigkeit und unentschlossenen Versöhnlichkeit, deren höchste Spitze die Entlassung von Knies ist und bleibt, aufgegeben und zur realen Durchführung der Grundsätze von 1860 übergegangen werden soll. Andernfalls würden wir nicht zu den vertrauensseligen Freunden, sondern zu den ihren politischen Grundsätzen mehr als den Personen Rechnung tragenden Gegnern gehören. Ich hoffe, daß man — im Hinblick auf die Kreiswahlen und auf die neuesten Wahlen — sich in Karlsruhe der Überzeugung nicht verschließen wird, wie wenig die Pfaffen- und Bureaukratenopposition bedeutet, wenn man vor ihr keine Furcht hat".

Mit solcher Gesinnung tritt Kiefer im Jahre 1865 in die badische Zweite Kammer ein, wo er seine junge Kraft bald als unermüdlich arbeitender Berichterstatter, bald als schlagfertiger Debatter und fortreißender Redner betätigt. Die Art seines Eintretens in die Verhandlungen und die feste und nachdrückliche Haltung, auch dem Regierungstisch gegenüber, ließ sofort erkennen, daß hier nicht ein talentvoller Streber, sondern ein von seiner Aufgabe ernst erfüllter politischer Vorkämpfer sich einführte, mit dessen Zielbewußtsein und geistiger Bedeutung von nun an gerechnet werden mußte. Um ihn, Eckhard und v. Feder scharten sich bald die Gleichstrebenden als geschlossene Fraktion, die mit Bezug auf die zunächst durchzuführenden Reformen des vorerwähnten Regierungsprogramms von 1860 als „Fortschrittspartei" ins Leben trat und aus der später nach Schaffung des Reiches die badische nationalliberale Partei hervorging. Außer den Angelegenheiten der Schule und den Reformbestrebungen auf dem Gebiete des öffentlichen Rechts waren es besonders die wichtigen Debatten über die von Eckhard beantragte Einführung der Civilehe, welche um diese Zeit das badische Abgeordnetenhaus beschäftigten. Die gewitterartig rasch verlaufenden Ereignisse des Sommers 1866 unterbrachen diese wertvollen Arbeiten, und es traten jetzt die großen nationalen Fragen in den Vordergrund. Nur flüchtig kann hier auf die Wandlungen hingewiesen werden, welche sich seit Aufrollung der Schleswig-Holsteinschen Frage im Verhältnis Badens zu Preußen vollzogen und in dem Ministerwechsel Roggenbach-Edelsheim ihren Austrag gefunden hatten. Bei Ausbruch des Krieges 1866 war Baden durch die Lage der Verhältnisse gezwungen, sich den übrigen Mittelstaaten anzuschließen, und die Volksvertretung konnte sich der Zustimmung nicht entziehen. Auch Kiefer, obwohl ihm als altem Gothaer und Nationalvereinler von jeher nur unter Preußens Führung eine Einigung Deutschlands denkbar erschien, hielt dies unter dem frischen Eindruck des preußischen Verfassungskonflikts für geboten. Rasch fielen die Würfel bei Königgrätz, und es folgten für Baden das Ministerium Mathy und der Abschluß des Schutz- und Trutz-Bündnisses mit Preußen am 17. August 1866 durch den Minister des Auswärtigen v. Freydorf.

Über Kiefers Stellung zur deutschen Frage in dieser entscheidenden Krisis gibt ein Brief vom 18. August 1866 an den letztgenannten Minister am besten Aufschluß: „Die heutige Karlsruher Zeitung bringt die Nachricht, daß Ihre Aufgabe in Berlin gelöst sei. Sie wissen, wie es kam, daß wir in den entscheidenden Kammersitzungen vor dem Ausbruch des Krieges in der Aufrechterhaltung der Rechtsstellung des Bundes eine bessere Wahrung der deutschen Interessen erkannt hatten als in der direkten oder indirekten (Neutralität) Förderung der preußischen Politik. Wir glaubten als eine liberale Kammerpartei die Herstellung der verfassungsmäßigen Ordnung in Schleswig-Holstein, die Anerkennung des Selbstbestimmungsrechts der Bevölkerung als einen Zentralpunkt in den deutschen Wirren erkennen zu müssen, und hofften einen loyalen Fortschritt für die Nation in einer weitgehenden Bundesreform, der Schaffung einer den vollen Machtverhältnissen in Wahrheit entsprechenden Bundeszentralgewalt und in der Berufung eines mit umfassenden Vollmachten ausgestatteten Nationalparlaments. Wir glaubten, eine in Preußen ausbrechende Volksbewegung werde der öffentlichen Meinung des deutschen Volkes jene drängende Gewalt verleihen, vor der im Jahre 1848 die Einzelregierungen zurückwichen. Die Dinge haben einen ganz anderen Verlauf genommen. Immerhin dürfen wir von einem gerechten Beurteiler das Zeugnis verlangen, daß wir ohne Nebenrücksichten nur der nationalen Sache dienen wollten. Aber das gute Bewußtsein, sich von den Umtrieben derer, die für die Hoheit des Habsburgischen Hauses arbeiteten oder von der föderativen Eidgenossenschaft der Zukunft und der Zerstörung der zentralisierten Staatsmächte träumten, ferngehalten zu haben, darf uns dennoch nicht hindern, begangene Mißgriffe ehrlich einzugestehen. Um so weniger, als dieses Zugeständnis der erste Schritt rüstiger Wiederaufnahme der Arbeit für das redlich gewollte Ziel werden soll. Wir hatten übersehen, wie aus der mit Freiheitsinteressen verwachsenen Auffassung der deutschen Dinge eine viel einfachere, ganz kategorisch angelegte Frage geworden war. Man hatte nur noch zu entscheiden, ob Österreich, ob Preußen, ob man bereit sei, die Fortdauer des Bundes in seiner überlieferten Gestalt, als einer Einrichtung, in welcher Österreich die dynastische Selbstherrlichkeit gegen den Andrang des nationalen Einigungstriebes zu schützen suchte, zu unterstützen, oder aber den revolutionären Versuch Preußens, auf der wetterfesten Grundlage seiner Militärkraft eine Umwälzung der zersplitterten deutschen Gebiete und deren Sammlung zu einem gewaltsam errungenen Einheitsstaate der Nation herbeizuführen. In dieser Einfachheit der Lage hätten wir allerdings richtiger gehandelt, wenn wir die Benützung' eines seltenen Momentes zur stürmenden Erringung des Langersehnten dem unabsehbaren Umweg einer loyalen parlamentarischen Entwicklung vorgezogen hätten. Die tiefste Überzeugung, der Sinn für die Freiheits- und Verfassungsrechte, welche mich vor dem revolutionären Gange der preußischen Regierung zurückschrecken ließen, werden stets die unerschütterliche Grundlage meines politischen Lebens bleiben; allein heute dürfen wir uns einer Aufgabe nicht entziehen, vor deren Ernst und Tiefe jede andere Rücksicht zurücktreten muß — der Gründung des deutschen Staates! Die Erringung des Eintritts in den Norddeutschen Bund, die Zusammenschließung in einen deutschen Gesamtstaat muß von nun an das Ziel einer nie mehr ruhenden Tagesarbeit sein. Keine Meinungsverschiedenheit in andern noch so bedeutenden Interessenfragen soll uns fernerhin von denen scheiden, welche in diesem obersten Ziele unsere Freunde und Kampfgenossen sind ..... Zunächst gilt es, der Begründung eines süddeutschen Bundes entschieden entgegenzutreten, weil er die Verstärkung aller sondertümlichen Bestrebungen, das Brutnest der partikularistischen Wünsche für Fürsten und Volk werden müßte".

In dem im Oktober 1866 zu einer kurzen Session einberufenen Landtag sprach die liberale Kammermehrheit mit Kiefer an der Spitze der Regierung gegenüber die Erwartung aus, daß sie den Eintritt der süddeutschen Staaten, besonders Badens, in den Norddeutschen Bund zum Zweck der Wiederherstellung eines Nationalstaates mit aller Entschiedenheit erstrebe. Bald nach dem Schlusse dieses Landtages wurde Kiefer, nachdem Stabel wieder das Ministerium der Justiz übernommen hatte, als Assessor und im nächsten Jahr 1867 als Rat in das Justizministerium berufen. Als im September dieses Jahres die Stände zu neuer Tagung zusammentraten, schloß er bei der Adreßdebatte eine vom nationalen Geiste getragene Rede mit den Worten: „Freuen wir uns, daß die preußische Politik sich wieder jenes mahnenden Vermächtnisses Friedrichs des Großen an seine Nachfolger «toujours en vedette» und „Alles sey Kraft und Energie" in so ebenbürtiger Weise erinnert hat. Folgen wir dieser Politik, sie weiß, was sie will, und sie wird für uns alle das Werk vollenden!" Als Konsequenz des Allianzvertrags mit Preußen, für dessen Annahme Eckhard Berichterstatter war, ergab sich die Pflicht, die badischen Truppen auf gleichem Fuße mit den preußischen zu organisieren. Die hierauf bezügliche Vorlage der Regierung, namentlich die Einführung der allgemeinen Wehrpflicht mit dreijähriger Dienstzeit verursachte lebhafte Debatten, bei welchen Kiefer beherrschende Sachkenntnis und seine ganze überzeugungsvolle Beredsamkeit einsetzte, um die entgegengestellten Bedenken niederzuschlagen. Wohl wußte er durch eine vertrauliche Mitteilung Mathys damals schon, daß ein baldiger und namentlich ein vereinzelter Eintritt Badens in den Norddeutschen Bund nicht möglich war, was später durch das bekannte Wort Bismarcks vom „Rahm auf der Milch" Bestätigung fand; aber nur um so energischer trat er in diesem kritischen Stadium für die militärische Einigung ein. Und sein Appell an die Hochherzigkeit und Opferfähigkeit der Volksvertretung war nicht vergebens. Mit großer Mehrheit wurde die neue Heeresverfassung und die zu ihrer Durchführung erforderliche Steuererhöhung genehmigt. Die im gleichen Landtag (1867/68) außerdem noch zustande gekommenen Gesetze, darunter ein Schulgesetz, ein Vereins- und Preßgesetz, sowie die bekannte Verordnung über die wissenschaftliche Vorbildung und Prüfung der Geistlichen — zeigten, daß die inneren Reformen durch die nationalen Aufgaben nicht beeinträchtigt worden waren. Trotzdem blieb die dankbar anerkennende Stimmung im Volke aus. Infolge der Agitation der ultramontanen und radikalen Demagogie, welche die Mehrbelastung durch die allgemeine Wehrpflicht, die Steuererhöhung und die durch ein schlechtes Erntejahr besonders gedrückte Stimmung im Volk für ihre Zwecke nutzbar zu machen verstand, ergaben die Wahlen zum deutschen Zollparlament einen ungünstigen Ausfall. Die nationalliberalen Führer Lamey, Eckhard und Kiefer unterlagen. Und nun begann für den letzteren, der erkannte, daß es die verlorene Fühlung mit dem Volke wiederzugewinnen galt, eine Zeit unverdrossener Tätigkeit zu dessen Aufklärung. Die Stimmung jener Tage ruft der Brief eines Gesinnungsgenossen — Oberbürgermeisters Schnetzler — zurück, der mit Bezug auf seine eigene politische Entwickelung aus der großdeutschen Jugendform später an Kiefer schreibt: „Besonders deutlich ist mir noch eine Rede, in der Sie zu Bruchsal im Saal der Fortuna vor einer dichtgedrängten Masse von Landleuten den Glauben an das junge Deutschland predigten. Ich kann nicht sagen, daß ich gerade große Zuneigung für Sie empfunden habe; ich hätte Sie wohl lieber niedergeschlagen, als in den Beifall der Menge mit eingestimmt. Aber ich habe dem gewaltigen unerbittlichen Strom jener glänzenden Rede innerlich nicht widerstehen können, und ich verließ den Saal mit dem deprimierendsten aller Gefühle —, daß nämlich der verhaßte Gegner in vollem Rechte ist. Aus dieser Erkenntnis erwuchs mir auch allmählich das Glück, das neu Gewordene zu lieben."

Diese aufopfernde Agitationstätigkeit, in welcher sich Kiefer zum Volksredner in bestem Sinne des Wortes entwickelt hatte und geradezu — wie einer seiner Freunde, der Abg. Karl Bär, in seiner trefflichen Schrift (Friedrich Kiefer, ein Lebensbild, [Karlsruhe Macklotsche Druckerei 1895] dem diese biographische Darstellung vieles verdankt) es ausdrückt, — „zum Apostel für die Überbrückung der Mainlinie in Baden geworden war", hielten manche für überflüssig. Die vornehm bequeme Art solcher klugen Leute kennzeichnet sich selbst am besten durch den spöttischen Tadel, daß er „im Lande umhergereist sei und das Volk durch Reden und Vorträge zu belehren gesucht habe, während er doch als Rat im Ministerium an der Esse saß, wo er viel nachdrücklichere Geschosse hätte schmieden können". Das war es ja gerade, was Kiefer von denen unterschied und trennte, welche in einem bureaukratischen Beamten- und Minister-Liberalismus das höchste Heil und „der Weisheit letzten Schluß" erblickten. Und so ist denn hier wohl der Ort, die sog. „Offenburgerei" zu erwähnen. Als nach dem Tode Mathys im Februar 1868 der seitherige Minister des Innern Jolly ohne vorherige Verständigung mit der Kammermehrheit ein neues Ministerium gebildet hatte, welches Kiefer und seinen politischen Freunden, worunter Eckhard, Lamey und Bluntschli, nicht genügende Garantien für eine unveränderte und entschiedene Weiterführung des Begonnenen zu bieten schien, fand in Offenburg eine vertrauliche Besprechung badischer liberaler Landtagsabgeordneter statt. Es wurde hier ein neues Parteiprogramm vereinbart und ein Zirkular zur Neuorganisation der „nationalen und liberalen

Partei Babens" an die Vertrauensmänner im Lande verschickt, worin der Mißstimmung gegen das neue Ministerium Ausdruck verliehen war. Kiefer wurde infolge seiner hervorragenden Teilnahme an dieser „Opposition" seiner Stellung als Ministerialrat enthoben und als Geh. Regierungsrat zur Generaldirektion der Verkehrsanstalten versetzt, worauf er sofort (Dezember 1868) seine Entlassung aus dem Staatsdienst nahm und sich als Rechtsanwalt am Kreisgericht Offenburg niederließ. Es ist über die Ursachen und die Behandlungen dieser Differenzen seiner Zeit viel geredet, vermutet und geschrieben worden. Was Kiefer selbst betrifft, so stammte seine Stellungnahme einzig aus seiner volksmäßig konstitutionellen Auffassung der politischen und parlamentarischen Dinge. Ihm lag nichts so sehr am Herzen, als daß unter der Teilnahme möglichst aller Einsichtigen die öffentlichen Angelegenheiten behandelt würden; er wollte das Verständnis für die politischen Aufgaben im Volke wecken. Aufklärung und Erziehung zur politischen Selbständigkeit und Mitarbeit sind für ihn wichtige Faktoren öffentlichen Wirkens. Eine Stelle aus einem Briefe an v. Freydorf, worin er von Jolly meint: „Er neigte zu jenem Doktrinarismus Roggenbachs, der im Rechtsstaat einen pedantischen Unsinn und nur in einem gewissen rationellen und nach freiheitlichen Zielen strebenden Ministerabsolutismus das richtige Prinzip unserer Zeit erkennen will," dürfte wohl ein Licht auf die damals viel erörterte Frage werfen „Woher die Opposition?" Es kam übrigens bald wieder zu einer Annäherung und sachlichen Verständigung, als die ultramontane Partei als tertius gaudens das Zerwürfnis auszunützen suchte. Diese hatte, von den großdeutschen Demokraten unterstützt, auf Grund des Streites der badischen Regierung mit der Freiburger Kurie über die Prüfung der Geistlichen, ein Mißtrauensvotum gegen das Ministerium, sowie in einem Adressensturm an den Großherzog die Auflösung des Landtags gefordert. In einer neuen Versammlung der liberalen Partei in Offenburg begründete Kiefer eine Gegenadresse an den Großherzog, die zur Folge hatte, daß von dieser Seite den Unterzeichnern gedankt und die klerikal-demokratische Kundgebung abschlägig beschieden wurde. Es ergab sich wieder ein erfreuliches Zusammenwirken von Regierung und liberaler Partei während der Landtagssession 1869/70.

Alle Vorlagen, welche auf diesem fruchtbaren Landtag zur Beratung und Annahme gelangten, worunter besonders die über das allgemeine Wahlrecht, das sog. Stiftungsgesetz, die bürgerliche Standesbe-

amtung und die Einführung der obligatorischen Civilehe hervorzuheben
sind, trugen einen entschieden liberalen Charakter. Das badische Reform-
werk vollzog sich ohne Stocken, und Kiefer hatte an diesen Arbeiten als
Berichterstatter und Redner hervorragenden Anteil. Nur bezüglich der
Einführung der unmittelbaren und geheimen Landtags-Wahlen, wofür er,
von Eckard unterstützt, eintrat, konnte sein in demokratischem Geiste
gestellter Antrag weder bei der Regierung noch bei der Mehrheit des Hauses
und der Partei Zustimmung finden. Die Auffassung dieser Frage in
der Rede vom 29. Oktober 1869 ist aber für Kiefers Denkweise und
seinen humanen Gerechtigkeitssinn so charakterisierend, daß einige Stellen
hier am Platze sein mögen: „Der Vorzug des direkten Wahlsystems ist
nicht die Steigerung der Durchschnittshöhe der Intelligenz der Volksvertretung, sondern Erhöhung der politischen Durchschnittsbildung des
Volkes. Dieses System setzt die Massen in einer Weise in Bewegung,
daß von den gebildeten Klassen, wenn sie den moralischen und politischen Einfluß ausüben auf die unteren Volksschichten, der denkbarer-
weise ausgeübt werden kann, eine Erwärmung und Aufklärung des
ganzen Lebens des Volkes erreicht werden muß, die mir viel höher steht,
als die ruhige Verständigkeit der Wahlmännerkollegien. . . . Wir
müssen uns, ob wir widerstreben oder nicht, der Mühe der Bearbeitung
des Volkes unterziehen. Sonst kommt die Gefahr in anderer Form
wieder. Mir ist die Kammer verhältnismäßig am besten zusammen-
gesetzt, welche das treueste Bild der Zustände und Stimmungen des
Volkes und Landes darstellt. Es ist wahr, unsere Gegner von der
ultramontanen Partei sind im Lande weit stärker als in diesem Hause.
Ich halte diese Erscheinung aufrichtig für das Symptom eines ungesunden
Zustandes. Sobald wir dieser Partei die direkte Wahl geben, so
würden wir plötzlich in der Halbheit unserer politischen Zustände und in
der Unfertigkeit der Bildung unserer eigenen Parteiorganisation von
diesen nämlichen Gegnern hart bedrängt werden, obschon sich in der
Denkweise des ganzen Volkes durchaus nichts geändert hätte. Dies
wird während einer gewissen Zeit der Fall sein. Das Geheimnis dieser
Kraftentwickelung beruht vor allem in der einheitlichen Energie der
katholischen Pfarrer aller Orte und Distrikte. . . . Wenn wir dessen-
ungeachtet einen Teil unserer Waffen geradezu in ihre Hände liefern,
indem wir ihnen und ihrer geistlichen Organisation das direkte Wahlrecht gewähren, so wäre das geradezu ein Akt höchster politischer
Großmut gegen einen gefährlichen Gegner und nicht bloß eine äußere

Rücksicht des Anstandes. Wir dürfen uns aber rühmen, daß wir ein Recht hätten, diese Großmut zu üben, weil wir vertrauen dürfen auf die Gerechtigkeit und die sieghafte Natur unserer Sache".

Nach Schluß des Landtags nahm Kiefer im Frühjahr 1870 die ihm von der Regierung angebotene Stelle eines Oberstaatsanwalts in Mannheim an, wodurch das wiederhergestellte Vertrauensverhältnis zwischen Regierung und nationalliberaler Partei auch nach außen hin zum Ausdruck kam. Hier, in Mannheim, am Wohnort seines politischen und persönlichen Freundes Lamey, entwickelte er als Leiter der „Babischen Korrespondenz" eine unermüdliche und einflußreiche Tätigkeit, die vor allem der Vorbereitung für die volle nationale Einigung Deutschlands galt. Schneller als zu hoffen war, ward diese durch den im Januar 1870 ausbrechenden glorreichen Krieg gegen Frankreich endlich errungen. Aus den Briefen aus Eduard Laslers Nachlaß (veröffentlicht in Fleischers „Deutscher Revue" 1892) geht klar hervor, wie Kiefer über die Form und Ausgestaltung dieser Einigung dachte. Schon im Anfang des Krieges, am 19. August, schreibt er an den Reichstagsabgeordneten Hölder in Stuttgart: „Wir stimmen darin überein, daß der Erfolg dieses Krieges, welchen die nationale Partei als ihr Programm aufstellt, nur die staatliche Einheit der Nation und ein sichernder Abschluß der Grenze gegen Frankreich, erreicht durch die Zurücknahme des Elsaß und eines entsprechenden Stückes von Lothringen, sein kann. ... Dieser Erwerb soll nicht zur Verstärkung des Partikularismus, sondern nur der deutschen Zentralgewalt dienen. ... Es gilt alsdann mit allen Mitteln der Agitation die große Stimmung zu benützen und auf das äußerste zu steigern, welche die wunderbaren, erhebenden Taten des deutschen Heeres in der Seele des Volkes hervorgerufen haben. In der gleichen Zeit wird, wie ich sicher weiß, die badische Kammer berufen werden, und wir werden dann, mit der schärfsten Ausprägung des nationalen Programms, die Forderung unserer Aufnahme in den Bund als eine jetzt jedem deutschen Staat zukommende Berechtigung in amtlicher Weise dem norddeutschen Bundeskanzleramte überreichen. ... Die in parlamentarischen Kreisen zu Berlin ausgegebene Parole der Gründung eines elsässisch-lothringischen neutralen Staates scheint mir das aberwitzigste Projekt zu sein. ..." Mit Bezug hierauf schreibt Lasker dann unterm 28. August: „Unbedingter Zustimmung erfreute sich Ihr Brief." In dieser Stimmung verfaßte Kiefer nach Besprechung mit Lamey, Eckard und Bluntschli Resolutionen für abzuhaltende Versammlungen und veranstaltete schon am 4. September, also zwei Tage nach der Kapitulation von Sedan, in Mannheim eine große Volkskundgebung, welche feierlich die Herstellung des deutschen Einheitsstaates forderte. Am 6. Dezember, als den Verhandlungen mit Bayern Gefahr drohte, äußerte er sich in einem Brief an Lasker: „Die Situation ist schlecht. Man würde sie aber erheblich verschlechtern, wenn Bayern draußen bliebe. Es müßte und würde sich an Österreich hinwerfen und durch diese Verbindung, wenn auch erst nach einigem Zeitablauf, mit Frankreich in einen innigeren Zusammenhang treten, als mit dem von Preußen geleiteten Deutschland. Die süddeutschen Pfaffen würden diesen Staat als ein Asyl aller schlechten Unternehmungen benutzen. Wir hätten in München einen Zentralort aller antipreußischen Konspirationen zu gewärtigen." Der glückliche Abschluß der Versailler Verträge zwischen dem Norddeutschen Bund und den süddeutschen Staaten zerstreute solche Befürchtungen. Noch im Dezember 1870 wurden diese Verträge von beiden Kammern gutgeheißen, und die Kaiserproklamation in Versailles am 18. Januar 1871 krönte die Aufrichtung des neuen Deutschen Reiches.

Wir verlassen nun die engere badische Heimat, um Kiefers Reichstagstätigkeit zu besprechen. In den ersten Reichstag gewählt (für Lahr-Kenzingen), ging er auf die erste Legislaturperiode 1871—74 nach Berlin und erwies sich hier bald als ein eifriges und einflußreiches Mitglied der nationalliberalen Fraktion, welche bis ans Ende der 70 er Jahre die parlamentarische Situation beherrschte. Gleich zu Anfang, im Frühjahr 1871, hatte er Gelegenheit in die Aktion einzutreten. Es handelte sich um die vom Zentrum zur Reichsverfassung beantragten „Grundrechte", welche der Kirche in Deutschland eine schrankenlose Freiheit zu sichern bezweckten. Nach einer Rede des Bischofs von Ketteler beleuchtete Kiefer, auf seine badischen Erfahrungen gestützt, erfolgreich die Tragweite dieser Anträge und deren staatsfeindlichen Hintergrund. Zu einem weiteren Zusammenstoß mit dem Ultramontanismus gaben die Verhandlungen über das Unterrichtswesen in Elsaß-Lothringen Veranlassung, bei welchen er gegenüber dem Mainzer Domkapitular Moufang für die Schule als Staatsanstalt mit viel Glück in die Schranken trat. An der gesetzgeberischen Gestaltung des Verhältnisses der neuerworbenen Grenzlande zum Reich war Kiefer sowohl als Kommissionsmitglied wie im Plenum, neben seinem Freund Lamey, eifrig beteiligt. In den Debatten über die Dotationen für die verdienten Heerführer und Staatsmänner betonte er das Dankesbedürfnis der Nation in dieser

Ehrensache und ergriff die Gelegenheit, gegen die ablehnende Haltung der Fortschrittspartei, welche besonders von Schulze-Delitzsch vertreten wurde, scharfen Vorwurf zu erheben. In der zweiten Session des Reichstages, welche ihr Gepräge hauptsächlich durch die Verhandlungen über das sogenannte Jesuitengesetz erhielt, kennzeichnete Kiefer in der Plenardebatte über den bezüglichen Antrag, unter besonderer Berücksichtigung der durch das vatikanische Konzil geschaffenen Lage, Wesen und Bedeutung des Jesuitenordens eingehend und mit Sachkenntnis, und kam, abweichend vom Kommissionsvotum, zum Schlusse, daß nur ein vollständiges Verbot des Ordens zum Ziele führe. Das im Juli 1872 beschlossene „Jesuitengesetz" hat diesen Gedanken verwirklicht. Infolge schwerer Erkrankung im Frühjahr 1873 konnte Kiefer an der letzten Session der ersten Legislaturperiode nicht mehr teilnehmen; auch bei den Wahlen für die zweite Periode kandidierte er nicht wieder. — Erst 1877—81 finden wir ihn wieder im Reichstag (für Bretten-Sinsheim). Hier fand er eine wesentlich veränderte Lage vor. Sein Streben nach konstitutionellem Ausbau der Reichsverfassung konnte in der Partei keinen rechten Boden finden. Wirtschaftliche, technische und finanzielle Fragen standen im Vordergrunde des Interesses. Weitere gesetzgeberische Maßnahmen im Kulturkampf unterblieben. Die Session von 1878 brachte bedeutsame politische Entscheidungen. Es galt, der Reichsverwaltung eine befriedigendere Organisation zu geben und zugleich die Finanzen des Reiches besser zu fundieren. Die Nationalliberalen und mit ihnen Kiefer hatten die Errichtung selbständiger Reichsministerien verlangt; dem Widerstand Bismarcks und der Bundesregierung gegenüber mußte man sich indes mit dem Stellvertretungsgesetz begnügen. Dem andern Bedürfnis sollte eine Neuordnung der Tabaksteuer abhelfen. Die bezügliche Vorlage stieß indes bei den Nationalliberalen auf starken Widerstand. Hier war es, wo Kiefer mit Wärme für die bedrohten Interessen des Tabaksbaus und der Tabakindustrie in Baden eintrat. Die Vorlage wurde in der Kommission begraben, der Finanzminister Camphausen nahm seine Entlassung, und es wurden nun umfassende statistische Erhebungen angeordnet, auf Grund deren dann im Frühjahr 1879 eine neue Tabaksteuervorlage beraten und zum Gesetz erhoben wurde. Auch in diese Beratung hat Kiefer mit einer hervorragenden Rede eingegriffen, deren Grundgedanke war: der Tabaksbau solle eine ergiebige Finanzquelle sein, aber ohne die vorhandenen Erwerbsverhältnisse zu ruinieren. Eingehend nahm er sich der in der badischen Pfalz

bestehenden Hausindustrie an und befürwortete einen ausreichenden Zoll-
schutz und eine gerechte Nachsteuer für den Tabaksbau.

In die vorausgegangene Session 1878 waren die beiden Attentate
von Hödel und Nobiling auf Kaiser Wilhelm gefallen. Der Reichstag,
welcher den im Frühjahr vorgelegten Gesetzentwurf zur Abwehr sozial-
demokratischer Ausschreitungen ablehnte, war aufgelöst worden. Dem
am 9. September 1878 eröffneten neuen Reichstage legte die Regierung
das Sozialistengesetz in neuer Fassung vor, um es nunmehr mit
großer Mehrheit bewilligt zu erhalten. Mit der Gesamtheit der
nationalliberalen Fraktion war Kiefer zwar überzeugt, daß zur Be-
kämpfung der gemeingefährlichen Bestrebungen der Sozialdemokratie
schärfere Mittel jetzt nicht mehr zu entbehren seien; doch glaubte er es
nicht verantworten zu können, ein Gesetz mit so außerordentlichen Vollmachten auf unbegrenzte Dauer zu schaffen. Als sich die Konservativen
dem Verlangen einer Beschränkung dieses Gesetzes auf ein $2^1/_2$jährige
Dauer widersetzten und so die Gefahr eines abermaligen Scheiterns der
ganzen Maßregel drohte, appellierte Kiefer in der Sitzung vom 16. Oktober 1878 eindringlich an die Konservativen. Die Fristbestimmung
wurde bekanntlich angenommen. — Die Session 1879 erhielt ihr
Hauptgepräge durch die Zolltarif-Reform. Kiefer stand derselben nicht
grundsätzlich entgegen; er war schon damals, wie er sagte, „kein ge-
schworener Freihändler"; allein was ihn, wie die große Mehrheit der
Nationalliberalen schließlich bestimmte, gegen das wichtige Gesetz zu
stimmen, war die demselben durch das Zentrum eingefügte „Franken-
steinische Klausel." Seiner Überzeugung von der verhängnisvollen
Tragweite dieser Bestimmung hat er in der Sitzung vom 10. Juli 1879
warmen und beredten Ausbruck gegeben. Hat auch die spätere Entwickelung manche seiner Befürchtungen nicht bestätigt, so hat sich doch
das Wort, mit welchem er sich gegen die Väter dieser „Frankensteinischen
Klausel" wandte: „Sie erschweren, ja hindern den naturgemäßen Abschluß der Finanzreform, durch welche das Reich in seine Einnahmen
von den Einzelstaaten unabhängig gestellt wird", als nur zu wahr
erwiesen. Trotz der Schwenkung Bismarcks von den Nationalliberalen
zum Zentrum, als deren Konsequenz besonders der Rücktritt des liberalen
Kultusministers Falk von Kiefer mit Unmut empfunden worden war,
konnte bekanntlich nur mit Hilfe der Nationalliberalen und gegen die
Opposition des Zentrums in der 1880er Session die Erhöhung der
Friedenspräsenzstärke des Heeres und die Verlängerung des Sozialisten-

gesetzes durgesetzt werden. Auch bei diesen Aufgaben war Kiefer ein
tätiger und einflußreicher Mitarbeiter seiner Partei; ebenso ist seine
Teilnahme an den Kommissionsberatungen und an den Plenarbebatten
über das Wuchergesetz hervorzuheben. Sein letztes rednerisches Auftreten
im Reichstag am 11. März 1881 war der maritimen Wehrkraft des
Reiches gewidmet. Er beantragte im Verein mit v. Karboff die Be-
willigung einer von der Budgetkommission gestrichenen Panzerfregatte
und benutzte den Anlaß, der damaligen Opposition gegenüber die Notwendigkeit des Ausbaus der Flotte zu einer wirksamen Verteidigungs-
macht darzulegen. — Kiefers Verhältnis zu der 1880 nach Schluß des
Reichstags sich von der nationalliberalen Fraktion loslösenden frei-
händlerischen Gruppe der „Sezessionisten" blieb persönlich ein freund-
schaftliches, auch das Programm der früheren Freunde (Basler, Forken-
beck ꝛc.) war ihm im ganzen nicht unsympathisch; doch konnte er aus taktischen
Gründen die Trennung nicht gutheißen, in welcher er mit Bedauern
und Sorge eine Schwächung und Kraftzersplitterung für die nationalen
Aufgaben erblickte.

Diesen sezessionistischen Unterströmungen, welche Unsicherheit in
die alte Wählerschaft brachten, sowie ultramontanen und agrarischen
Einflüssen war es zuzuschreiben, daß Kiefer für die neue Legislaturperiode nicht mehr gewählt wurde und daß sein Wahlbezirk von nun
an in konservative Hände gelangte. Er blieb darum der Politik des
Reiches nicht fern. An dem Heidelberger Parteitag und der „Heidelberger Erklärung" vom 23. März 1884 hatte er regen Anteil. Das staats-
sozialistische Problem war es, das ihn von nun an besonders beschäftigte.
Auf dem am 8. Mai 1884 in Karlsruhe abgehaltenen nationalliberalen
Parteitag hielt Kiefer, während das Schicksal des in jenem Zeitpunkte
im Reichstage zur Beratung stehenden Unfallversicherungsgesetzes noch
zweifelhaft war, eine Rede, welche seine entschlossene Stellungnahme für
die damals im Entstehen begriffene große sozialpolitische Gesetzgebung
überhaupt kennzeichnet. Nachdem er die grundlegende kaiserliche Botschaft
vom 17. November 1881 verlesen hatte, fuhr er fort: „Das sind väterliche
Worte, und der sie gesprochen, ist der Sieger von Sabowa und Sedan! . . .
Wir sind hierin der fortgeschrittenste Staat in diesem eigentlichen Werke
der neuzeitlichen Sozialreform. Es gilt zu versöhnen mit dem Staate,
es gilt, die Überzeugung im Arbeiterstand zu erwecken, daß dieser
Staat ihre höchsten Interessen nicht bloß in Phrasen und in leeren
Worten, sondern in der Tat und in Wahrheit durch gesetzliche Ordnung

fördern will. Unsere Wege sind friedliche Wege. Wir wollen unsern Arbeitern eine heimatliche Stätte bereiten, für die entsprechende Ordnung ihrer Rechte, für die tunlichste Erleichterung ihres Erwerbes und ihres Daseins in Tagen des Unglücks, der Krankheit und des Alters, für den ganzen Segen eines friedlichen Daseins sorgen, soweit das unter Menschen in solchen Verhältnissen möglich ist. . . . Hierin ist allerdings ein gewaltiges, kühnes Programm aufgestellt. Aber die Zeit verlangt eine vorausfehende Hilfe, eine entschlossene und mutvolle Leistung, wenn die heutigen Staaten nicht aus eigenem Verschulden sozialen Erschütterungen anheimfallen sollen. Es ist das nicht eine voreilige, etwa aus irgend einer Begierde der Herrschaft entsprungene Tätigkeit, welche der Reichskanzler uns in diesen Reformwerken eröffnet hat. Vielmehr ist diese Initiative aus dem sicheren Blicke eines wahrhaften Staatsmannes entsprungen, welcher, die Reise der Zeiten richtig erkennend, für Gegenwart und Zukunft das Zeitgemäße schaffen will." Und mit Bezug auf das Sozialistengesetz fährt er fort: „Allerdings, wenn wir die Maßnahmen in betreff der Arbeiter nur auf die Repression beschränken wollen, dann würde kein Recht bestehen, ein solches Repressivgesetz zu erhalten. Wenn man aber gleichzeitig alles zur Befriedigung der berechtigten Ansprüche Dienende wohlwollend schafft, dann darf man auch ein Repressivgesetz errichten. . . ."

Nachdem wir so von Kiefers Tätigkeit als Reichstagsmitglied und seinem Verhältnis zu den Fragen des Reichs eine zusammenhängende Skizze gegeben haben, welche wir durch die Darstellung seines gleichzeitigen politischen Wirkens als badischer Landtagsabgeordneter nicht unterbrechen wollten, kehren wir nun wieder in die engere Heimat zurück, um seinen Wegen auch hier zu folgen. Hier in Baden hatte sich seit dem Jahre 1870 die Regierung zu neuen kirchlichen Gesetzen gezwungen gesehen. Die Untersagung der Lehrwirksamkeit religiöser Orden und Missionen, neue, obwohl gegen früher gemilderte Verordnungen über die Staatsprüfung der Geistlichen und namentlich das sogenannte Altkatholikengesetz riefen neue Kämpfe und Debatten hervor, bei denen Kiefer in Kommissionen und im Plenum im Vordertreffen stand, nur unterbrochen durch seine oben schon erwähnte Erkrankung im Jahre 1873. Durch die Weigerung des Bistumverwesers Kübel in Freiburg, die Gesetze über die wissenschaftliche Vorbildung der Geistlichen anzuerkennen und zu befolgen, wurden 1874 Gegenmaßregeln der Regierung gegen die renitenten Geistlichen und gegen Kübel erforderlich, und die definitive

Wiederbesetzung des erzbischöflichen Stuhls scheiterte lange an der Weigerung der Kandidaten, den vom Staate verlangten Eid zu leisten. Auch im Landtag 1875—76 traten wegen neuer Novellen zum Schulgesetz (gemischte Schulen betreffend) die kirchenpolitischen Gegensätze scharf hervor. Zugeständnisse, welche die Regierung in dieser Angelegenheit der Freiburger Kurie und der ultramontanen Partei gegenüber machen wollte, fanden nicht den Beifall und die Unterstützung Kiefers und seiner politischen Freunde, wodurch eine gewisse Entfremdung zwischen den Nationalliberalen und Minister Jolly eintrat, welcher zwischen der Kammermehrheit und der nachgiebigen kirchlichen Richtung bei Hof eine schwierige Stellung hatte. Bald nach Schluß des Landtages erfolgte (September 1876) der Rücktritt Jollys und die Bildung eines neuen Ministeriums (Turban). Hier mag — gegenüber einer anderen Darstellung des Verhältnisses Kiefers zu Jolly — ein Brief von Interesse sein, welchen der letztere am Tage nach seinem Scheiden aus dem Amt an Kiefer gerichtet hat. Jolly schreibt: „Über die Motive meines Rücktritts kann ich Ihnen nichts Näheres sagen, und auch die Zukunft wird, wie ich glaube, darüber keine Aufklärung bringen. Ich kann nur sagen, es trat plötzlich eine Wendung der Verhältnisse ein, welche mich nötigte, um meine Entlassung nachzusuchen. Darin aber kann ich die Ausführungen ihres geehrten Schreibens bestätigen, daß ich das Motiv zu meinem Schritte nicht in meinen Beziehungen zur Kammer gefunden habe. Hatte ich auch während der letzten Session mehrfach bei der Kammer nicht die Unterstützung gefunden, welche ich weniger für meine Person als für die von mir vertretene Sache für wünschenswert gehalten hätte, so hielt ich es doch immer für zweifellos, und freue mich, die Annahme durch Sie bestätigt zu finden, daß die große Majorität der Zweiten Kammer mit dem Ganzen der Politik einverstanden war und ist, welche das von mir geleitete Ministerium seit 10 Jahren bis zu seinem letzten Atemzug befolgt hat. . . . Ihre freundliche Beurteilung meiner Wirksamkeit verpflichtet mich zu lebhaftestem Dank, den ich Ihnen aufrichtig und gerne ausspreche. Waren Sie auch, solange ich im Besitze der Macht war, nie ein Schmeichler, so ist es mir doch wohltuend, das darf ich offen bekennen, jetzt nachdem ich aus meiner Stellung geschieden bin, Ihr günstiges Urteil über meine politische Tätigkeit eher verstärkt als abgeschwächt mir entgegentreten zu sehen."

Auf dem Landtag 1877—78 bemühte sich die neue Regierung, zu zeigen, daß kein Systemwechsel eingetreten sei. Bei Gelegenheit des von der Rechten (Lender) im Januar 1878 eingebrachten Initiativantrags auf Abänderung des Examensgesetzes vom Jahre 1874 ist eine Rede Kiefers bemerkenswert, worin er den Abgeordneten und kath. Pfarrer Hansjakob in Schutz nimmt, der seiner eigenen Fraktion entgegengetreten war. (Vergl. Dr. Heinrich Hansjakob. „In der Residenz, Erinnerungen eines bad. Landtagsabgeordneten" Heidelberg 1878). Der betreffende Passus lautete: „Wenn dem Abgeordneten Hansjakob, das erkläre ich heute ausdrücklich, wegen seiner vorhin frei und aus ganz eigener, gewissenhafter Initiative gesprochenen Worte von seiten seiner geistlichen Oberen ein Haar gekrümmt wird, so werde ich nicht zögern, auch für unsern Staat einen Antrag dahin einzubringen, daß künftig die katholischen Priester vom Wahlrecht für unsere Kammer ausgeschlossen werden sollen und ihnen damit die Fähigkeit entzogen werde, fernerhin in der badischen Ständeversammlung als Volksvertreter zu sitzen, weil man ihnen nicht die Freiheit der Überzeugung läßt, deren die Männer nicht entbehren können, welche beraten und beschließen sollen über des Volkes Wohl". Der Schluß dieser Rede war ein eindringliche Mahnung zum Frieden an die ultramontanen Abgeordneten, woraus hervorgeht, wie irrtümlich die vielfach beliebte Einrangierung Kiefers als kulturkämpferischer Heißsporn ist: „Sie sind noch heute in einer schweren Täuschung befangen über die Lage. Ich bedauere das aufrichtig, weil es fernerhin unsern Frieden stört, den wir doch uns Allen und dem ganzen Lande so gerne gönnen möchten. Es schmerzt uns, daß Deutsche im Jahre 1878 auch nur fernerhin noch für möglich halten können, das Deutschland von 1870 werde der Politik der Konkordate anheimfallen oder in den törichten Irrwegen des habsburgischen Österreichs Schutz und Schirm erwarten von den Beratern des römischen Papsttums. . . . Niemand wird Ihnen ansinnen, ihren religiösen Gefühlen für die große durch das Alter und die Einheit des gewaltigen Baues auch dem Nichtkatholiken ehrwürdige römische Kirche zu entsagen — aber Niemand darf Ihnen die Aufgabe erlassen, mit diesen Gefühlen die Treue gegen das Vaterland zu vereinigen. Das kann nicht geschehen, indem Sie den Krieg mit dem Staate begünstigen, der für fremde Herrschsucht geführt wird. Sprechen und handeln Sie für den Frieden! Tun Sie das in erster Reihe im Interesse der katholischen Kirche und des katholischen Volkes, das den Segen dieses Friedens aus Ihren Händen freudig empfangen würde.

Möge lauter als unſer Wort Ihr eigenes Gewiſſen ſprechen! Nur der Friede iſt in unſeren Tagen die Religioſität! Bewähren Sie dieſe Überzeugung auch von Ihrer Seite — vor allem Sie, die gleichzeitig Prieſter ſind und Volksvertreter!"

In dieſe Zeit (1879) fällt die Verſetzung Kiefers als Landgerichts= direktor nach Freiburg, wo er in dem Reichstagsabgeordneten Dr. Bött= cher einen treuen Freund und politiſchen Mitkämpfer fand, und zugleich ein Mandatwechſel, indem er von nun an bis zu ſeinem Tode, zu= ſammen ·mit Lamey, die Stadt Karlsruhe im badiſchen Landtage vertrat. Später hat die dankbare Stadt dieſe ihre hervorragenden Vertreter durch die Aufſtellung ihrer Büſten im Rathausſaal geehrt. — Nachdem in den Jahren 1878 und 1879 wichtige Einführungs= geſetze zur Reichsjuſtizreform mit dem Landtag vereinbart worden waren, woran Kiefer ſich beſonders beteiligt hatte, trat die Regierung 1880 mit langvorbereiteten Vorſchlägen über eine Ausſöhnung mit der Kurie hervor, wobei namentlich die Staatsprüfung für Geiſt= liche fallen gelaſſen werden ſollte. Die Verhandlungen hierüber führten zu einem von Kiefer veranlaßten Mißtrauensvotum der Kammermehrheit gegen den Miniſter des Innern, welcher derſelben bei den bezüglichen Verhandlungen mit der Kurie die Würde des Staates nicht gehörig gewahrt zu haben ſchien, und dem bald darauf erfolgenden Rücktritt dieſes Miniſters. Wenn Kiefer in der Examenfrage ſich ſpäter nachgiebiger zeigte, ſo geſchah es mit Selbſtüberwindung und nur aus rein religiöſen Rückſichten, weil ihm der durch das Verbot des Bis= tumverweſers entſtandene Rückgang des katholiſchen Prieſterperſonals als ein Notſtand für die Seelſorge, beſonders des Landvolkes erſchien. Nach einer infolge dieſer Verhältniſſe eingetretenen Periode der Stockung kam ſeit 1883 wieder ein friſcher Zug in die Geſetzgebung, und es konnte an der Reform der inneren Verwaltung (Städteordnungsreviſion, Steuergeſetze u. ſ. w.) rüſtig weitergearbeitet werden. Regierung und Nationalliberale gingen wieder Hand in Hand, und die ultramontane Partei erfuhr bei den Wahlen einen bedeutenden Rückgang, ſo daß ſie 1887 auf 9 Sitze zuſammengeſchmolzen war. — Kiefer war inzwiſchen im Jahre 1884 zum Präſidenten des Landgerichts in Konſtanz ernannt worden. — Bei dem 500jährigen Jubiläum der Univerſität Heidelberg im Jahre 1886 wurde ihm von der juriſtiſchen Fakultät die Würde eines Ehrendoktors verliehen: „Dem bewährten Richter und Rechtskenner, dem glänzenden Kammer= und Volksredner und dem entſchloſſenen Vorkämpfer des Deutſchen Reichs".

Als zu Ende des Jahres 1887 die Regierung abermals eine Kirchen-
vorlage einbrachte, worin die Zulassung der sogenannten Missionen, das
heißt der Mitglieder fremder Orden zur Seelsorgeaushülfe eine Haupt-
rolle spielte, trat im April 1888 die Mehrheit der Zweiten Kammer
mit Kiefer an der Spitze diesem Versuch entgegen, welcher die Auslösung
einer klerikalen Agitation gegen andere Konfessionen, namentlich auch
gegen die Altkatholiken, mit Recht befürchten ließ. Erst als die bedenk-
liche Bestimmung durch die Erste Kammer eine Fassung erhalten hatte,
welche diese Aushilfe nur auf Notfälle beschränkte, trat auch die Zweite
Kammer, um ihre Friedensliebe zu zeigen, der neuen Fassung („Artikel 4") bei. Der Landtag 1889/90 erhielt durch die bei den
Budgetberatungen gehaltenen endlosen Deklamationen der ultramontanen
Führer über die angebliche Zurücksetzung der römischen Kirche und durch
die erforderlichen Entgegnungen von anderer Seite eine etwas monotone
Färbung. Von nun an ist, auch nach der Übernahme des Ministeriums
des Innern durch den energischen Eisenlohr (1890) ein progressives An-
wachsen der ultramontanen Agitation im Lande zu verzeichnen, welche
mit Hilfe der Sozialdemokraten und Demokraten bei den Neuwahlen
1891 den Nationalliberalen 14 Mandate zu entreißen und das Zentrum
wieder auf 21 Kammermitglieder zu bringen vermochte. Aber unentwegt
sehen wir Kiefer auf seinem Posten gegen den ultramontanen Andrang,
wenn auch in den letzten Jahren oft Verdrossenheit und Unmut über die
gegnerische Kampfesweise und die Schwankungen in der eigenen Partei sich
seiner bemächtigen wollten. — Die Landtage 1891/92 und 1893/94 brachten
wichtige Verfassungsfragen, bei welchen Kiefer, getreu seiner obenerwähnten
Haltung im Jahre 1869, wieder mit Wärme für das direkte Wahlrecht
im Zusammenhang mit einer umfassenden Verfassungsrevision eintrat. —
Im September 1893 wurde er als Landgerichtspräsident nach Freiburg
versetzt. — Die Landtagssession 1893/95 war die letzte, welche er mit-
machte. Am 2. September 1895 riß ihn mitten aus seinem arbeits-
vollen und reichen Leben ein ebenso jäher wie schöner Tod. Es war
bei der 25. Jahresfeier des Sedantages in Freiburg, wo der Fünfund-
sechzigjährige in jugendlicher Begeisterung die Festrede hielt. Wie ein
Mahnruf klangen gerade seine Worte zum sozialen Frieden, als er
plötzlich zusammensank, um, nach Hause gebracht, in wenigen Augen-
blicken zu verscheiden. Es war ein diesem kämpfenden Leben merk-
würdig angepaßtes Sterben, dem Fallen des Veteranen unter der Fahne
vergleichbar, „wie es Freundeshand ihm nicht schöner und edler hätte

bereiten können". Von dem Eindruck, welchen diese Kunde in politischen Kreisen hervorrief, zeugen die damals erschienenen warmen und ehrenvollen Nachrufe in der Tagespresse Deutschlands. —

In dem vorstehenden Lebensgange konnte Kiefers öffentliches Wirken seit 1870 nur sehr unvollständig und lückenhaft wiedergegeben worden, und es mußte das Hauptgewicht auf die grundlegende Entwickelung seines politischen Charakters gelegt werden, wie sie namentlich in den Jahren 1866 bis 1870 sich vollzog, einer Periode, von der er selber einmal gesagt hatte: „Das ist die Ehrenzeit unserer Partei". Namentlich war es nicht möglich, eine auch nur annähernd erschöpfende Darstellung seiner vielseitigen Arbeit im badischen Landtag zu geben. Hier hat er, als der tätigste und energischste Führer der nationalliberalen Partei, im Plenum, wie in Kommissionen, als Antragsteller, als Berichterstatter, als Mitglied des landständischen Ausschusses, als Erster und Zweiter Vicepräsident in verschiedenen Landtagsperioden, als langjähriger Leiter und Verfasser der „Badischen Korrespondenz", in bewegten Debatten wie in stiller Redaktionsarbeit, dreißig Jahre hindurch eine hingebungsvolle, rastlose und einflußreiche Lebensarbeit geleistet. Bei fast allen wichtigeren Aufgaben der Kammer sehen wir ihn eingreifen. Nicht nur in den schon berührten großen Fragen des nationalen und sozialen Lebens und des Verhältnisses zwischen Staat und Kirche hat er die politischen Maßnahmen beeinflußt und die Spuren seines Wirkens hinterlassen; er arbeitete auch eifrig mit bei allen die Rechtspflege betreffenden Beratungen, bei den Verhandlungen über Steuern und Eisenbahnen, das Gewerbe- und Genossenschaftswesen, die Verhältnisse der Presse, die Gemeinden, die Oberrechnungskammer, die Aufbesserung der niederen Beamten, das Frauenstudium, die Kinderarbeit in Fabriken, den Karlsruher Rheinhafen ꝛc. Der Reform und dem Ausbau der Landesverfassung war sein Interesse und seine Arbeit unausgesetzt gewidmet. Was ihm aber besonders und immer am Herzen lag, war die geistige und sittliche Wohlfahrt des Volkes, daher vor allem die Pflege der Schule, die Hebung des Lehrerstandes und die Befreiung der Schulverwaltung aus der Bevormundung der Kirche. Daß ein Mann von so ausgeprägter Staatsgesinnung, der auch als Politiker ein echter Protestant war, sehr bald im Landtag wie im Reichstag mit den ultramontanen Bestrebungen aufs schärffte zusammenstoßen mußte, war nur eine notwendige Konsequenz seiner einheitlichen Geistesrichtung. Philosophie und Geschichte, in rastloser Arbeit befragt, zeigten ihm früh

die Richtung, wo der Feind steht. Immer jedoch hat er den „Kulturkampf" in würdiger Weise geführt, als ein zwar gefürchteter, doch ge-
achteter Gegner; seine Beschlagenheit in der katholischen Kirchengeschichte
hat ihm als gutes Rüstzeug hierbei gedient. Eine treffende Charakteristik
von Kiefers politischer Bedeutung hatten im Jahre 1878 die
„Grenzboten" gebracht in einer Besprechung der parlamentarischen Verhältnisse Badens, welche mit den Worten schließt: „Kiefer ist eine
scharf ausgeprägte prinzipielle Natur. Die große Gewandtheit und
Schlagfertigkeit der Rede machen ihn zu einem hervorragenden Parlamentarier, während gleichzeitig sein reines Streben und seine rastlose Tätigkeit ihm innerhalb der eigenen Partei rasch hohes Ansehen
erwarben. Diese Partei und ihre Tätigkeit auf dem badischen Landtag
ist seit länger als einem Jahrzehnt ohne Kiefer kaum denkbar, namentlich in ihren Kämpfen und ihrer gesetzgeberischen Tätigkeit bezüglich der
staatlich-kirchlichen Fragen."

Eine besondere Seite seines öffentlichen Wirkens kann hier bloß
flüchtig berührt werden. Es ist seine Tätigkeit als Mitglied der evangelischen Generalsynode, in welcher er ebenfalls drei Jahrzehnte lang in
liberalem Sinne wirkte, auf der Grundlage einer ernsten, philosophisch
vertieften Religiosität, welche frei war von Dogmatismus und jeder
Spur von Frömmelei. Der historischen Theologie, den Schriften Luthers
widmete er das eifrigste Studium. Für den seit dem Systemwechsel
von 1878 im protestantischen Preußen vielfach herrschend gewordenen
Geist hatte er nichts übrig. — Den Aufgaben seines juristischen Berufes
widmete er sich mit der ihm eigenen Treue und Gewissenhaftigkeit, oft
unter Hintansetzung der Rücksichten auf seine Gesundheit. — Es würden
charakteristische Linien in der Zeichnung dieses Lebensbildes fehlen, wenn
wir nicht auch die öffentliche Vortragstätigkeit Kiefers erwähnten, welche
gleichsam eine Nebenfrucht seiner politischen und beruflichen Tätigkeit
bildete, erwachsen aus seiner Lieblingsbeschäftigung, dem historischen
Studium. An dem Gewinn aus solcher Beschäftigung und an dessen Verwertung für die Fragen der Gegenwart wollte er auch seine Mitbürger
teilnehmen lassen; so entstanden an verschiedenen Orten seine Abend-
vorträge, welche mit Vorliebe Männer der Tat, wie Luther, Hutten,
Loyola, Cromwell, den Großen Kurfürsten, Friedrich den Großen, Mira-
beau, Napoleon I. ꝛc., das Vorbildliche oder Umgestaltende ihres Wirkens zum Mittelpunkt hatten. Wie Kiefer über Bismarck dachte trotz
vorübergehender Verstimmung in der Zeit der Schwenkung zum Zentrum

und des Rücktritts Falls, davon zeugt eine Stelle aus seiner Karlsruher Rede vom 8. Mai 1884: „Allerdings steht ein Mann uns gegenüber an der Spitze des Reiches, welcher vor allem ausgestattet ist nicht nur mit der Genialität eines großen Staatsmannes, sondern auch mit jener urwüchsigen Kraft, welche die Fürsten und Diplomaten Europas kennen und fühlen gelernt haben. Haben Sie vielleicht in der Geschichte gelesen, daß Cromwell, der Schöpfer der Größe, Einheit und Macht seines Vaterlandes, zugleich der friedlichste Parlamentarier gewesen ist? Seit Cromwell ist kein Staatsmann mehr erschienen, welcher so groß, so gewaltig den Jahrhunderten die felsenfesten Zeichen seiner Kraft und seines Geistes hinterlassen hat, wie der deutsche Reichskanzler."

In seinem öffentlichen Auftreten besaß Kiefer, bei aller kräftigen Dialektfärbung des Alemannen, eine natürliche Vornehmheit, wie sie nicht gemacht oder angenommen werden kann, sondern nur dem Bewußtsein eines freien, selbstlosen und zielfesten Wollens entspringt. Ein Feind alles engen und ängstlichen bureaukratischen Wesens, hat er immer und überall große und weite Gesichtspunkte gewiesen und verfolgt. Seine ungewöhnliche Beredsamkeit hatte einen überzeugenden Charakter und, wo es galt, einen feurigen und fortreißenden Zug, dessen Wirkung nicht zum wenigsten darauf beruhte, daß er als der unmittelbare vom Moment eingegebene Ausdruck innerer Arbeit vom Hörer empfunden wurde. Es war eine Eigentümlichkeit Kiefers, für seine Reden und Vorträge niemals Konzepte oder Aufzeichnungen zu machen; er hätte mit diesen Hülfsmitteln schlechter gesprochen. Bei den Debatten zeigte er eine Schlagfertigkeit, als stünde er wieder auf der Mensur. Man glaubte in der dabei ausgestreckten Hand den Schläger blitzen zu sehen, und stahlscharf fuhr der unsichtbare auf die Blöße oder Parade des Gegners nieder. In der privaten Unterhaltung konnte er heiter und liebenswürdig plaudern; doch zog er ernstes Gespräch vor und packte dann auch hier seinen Gegenstand fest und gründlich. Wer ihn nicht näher kannte, mochte hierbei vielleicht einen schulmeisterlichen Zug finden, doch war es mehr eine Eigenschaft seines Temperaments, daß er den Gang des Gesprächs zu leiten und vom Unwesentlichen oder ihm unwichtig Scheinenden abzulenken suchte. — In seinem Wesen lag etwas Treuherziges und sorglos Entgegenkommendes; doch konnte er niedriger oder hochmütiger Gesinnung gegenüber auch sehr schroff und abweisend auftreten. Seine Güte, sein Wohlwollen, seine Fürsorge für Untergebene, für Hülfsbedürftige bewies er bei zahlreichen Anlässen. Keine Mühe war ihm zu viel, wenn er helfen konnte. Feindseligkeit gegen politische Gegner als solche kannte er nicht; zu manchem derselben, bei dem er die gleiche Ehrlichkeit der Gesinnung voraussetzte, die er selber besaß, stand er in persönlich freundlichem Verhältnis. Geradheit, Wahrhaftigkeit, Uneigennützigkeit und Furchtlosigkeit waren Charaktereigenschaften, die in seinem öffentlichen wie privaten Leben stets hervortraten und ihm das feste Gepräge einer schlicht vornehmen und zuverlässigen Männlichkeit verliehen.

Kiefers Familienleben war schön und glücklich. Ein schweres Nervenleiden, das ihn bisweilen heimsuchte und das er mit bewundernswerter Standhaftigkeit ertrug, vermochte dasselbe nur noch inniger zu gestalten. Als treuer Kamerad stand ihm die begabte, lebhafte und charakterfeste Gattin zur Seite; sie hat ihm zwei Kinder geschenkt, einen Sohn, der Arzt in Mannheim ist, und eine Tochter, welche zuerst mit dem bekannten Nationalökonomen und Sozialpolitiker Professor Thun in Freiburg zu kurzer Ehe verbunden war und, frühe verwitwet, sich später mit Major Koch wieder verheiratete. Im Kreis der Familie und der Freunde, in dem nach innen gerichteten Privatleben erschloß sich erst die ganze Persönlichkeit Kiefers. Wer ihm hier nähertreten durfte und seiner dauernden Freundschaft teilhaftig wurde, der fand reiches Gemüt und lebendigen süddeutschen Humor, die der Fernerstehende in dem strengen Politiker mit dem herben Savonarolakopf nicht vermutet hätte. Was er vor allem liebte, was ihm geradezu ein Gemütsbedürfnis war, das war „der Abend zu Hause". Wie freundlich und anregend wußte er den zu gestalten! Immer hatte er ein neues interessantes Buch zur Hand, geschichtlichen, biographischen oder poetischen Inhalts, aus dem vorgelesen und über das gesprochen wurde, da kamen die alten Schätze unserer Literatur zu ihrem Recht, da war es auch seine musikalische Begabung, die manche gute und erhebende Stunde brachte. — Es erscheint wie ein sonderbarer Zufall, ist aber für Kiefers impulsive und idealistische Natur durchaus bezeichnend, daß er kurz vor seinem Gang zur Volksversammlung an jenem Freiburger Sedanstag 1895 sich am Klavier mit den heroischen Klängen des Trauermarsches aus der „Götterdämmerung" die rechte Stimmung holte zu der Festrede, die dann wirklich seine Todesrede werden sollte. Dankbar sollten wir Badener am Sedanstage auch stets des Mannes gedenken, der lange vor 1870 all seine Kraft und Begabung eingesetzt hatte, den deutschen Süden für die große Stunde der nationalen Einigung vorzubereiten und dem Reiche einzufügen. Das flache Wort „Politik verdirbt den Charakter" mag für ehrgeizige Streber zutreffen. Für uneigennützige Naturen, wie Friedrich Kiefer, gilt ein anderes: sie drücken umgekehrt der Politik, der sie sich gewidmet, ihren eigenen Charakter, ihren Stempel auf. Man hat in dieser Geltendmachung einer starken Eigenart da und dort einen Tadel gesucht. Mit Unrecht! Er war freilich kein bequemer Mann, nach keiner Richtung hin. Und den Gleichgültigten, den Anpassern und politischen Bremsern wird der ernstlich Wollende und Tätige immer unbequem sein. Wer sich aber ganz und selbstlos einer Lebensaufgabe hingibt, der muß auch naturnotwendig einen starken Einfluß auf andere ausüben, einfach durch die überzeugende und zwingende Kraft, die von solcher Hingabe ausgeht. Das war das ganze Geheimnis der sogenannten „Kieferei" im badischen Landtag. Von kleinen Fehlern und Schwächen, ohne die keine menschliche Individualität möglich ist, war gewiß auch er nicht frei, aber sein Wesen und Streben war rein. Stetige Arbeit, aufopferungsvolle Hingabe an hohe Ziele, tiefer sittlicher Ernst durchglühten dieses Leben bis zum letzten Hauche. Sein Wirken war ein vorbildliches für Viele. „Er hat", wie es in einem Nachruf hieß, „den Ehrenschild seines Lebens emporgehalten über alle Verzerrungen und Antastungen des Parteikampfes."

R. Haaß.

Adolf Knop

wurde geboren am 12. Januar 1828 zu Altenau am Harz als Sohn des Leutnants der englisch-hannöverschen Legion August Knop, späteren Magazinverwalters in Osterode. Nach Absolvierung des Gymnasiums in Klausthal wandte er sich dem Geometerfache zu und war zwei Jahre in demselben tätig. Aber seine Vorliebe für den Verkehr mit der Natur, welche in früher Zeit durch seinen Großvater, der ein Forstamt verwaltet hatte, und durch seinen Vater, einen eifrigen Jagdfreund, entwickelt worden war, sowie seine wissenschaftlichen Neigungen drängten ihn wo anders hin. Er zog auf die Universität Göttingen und gab sich hier eifrig dem Studium der Mathematik und der Naturwissenschaften hin, insbesondere der Chemie, der Mineralogie und Geologie, angeregt und gefördert durch die dortigen hervorragenden Lehrkräfte, wie Wöhler, Hausmann u. a. Auf Empfehlung Wöhlers wurde er im Jahre 1849, erst 21 Jahre alt, als Lehrer für Naturwissenschaften und Mathematik an der Höheren Gewerbeschule in Chemnitz angestellt, wo er mit großer

Hingebung tätig war. Seine Lehrgabe und einige hervorragende geologische Arbeiten bewirkten im Jahre 1857 seine Berufung an die Universität Gießen als außerordentlicher Professor der Mineralogie und Geologie neben Klipstein und seine spätere Ernennung zum ordentlichen Professor. Dort fand er einen auserlesenen Kreis gesinnungs- und geistesverwandter Kollegen, wie Kopp, Heyer, Klebsch u. a., welcher sich zu einem engeren freundschaftlichen und wissenschaftlichen Bunde zusammenschloß. Am 4. Juli 1866 wurde Knop an die Technische Hochschule in Karlsruhe als ordentlicher Professor der Mineralogie und Geologie berufen. 27 Jahre widmete er seine hervorragende Lehrkraft dieser Hochschule. Die Anerkennung seiner Erfolge fand ihren wiederholten Ausdruck im Jahre 1877 durch Verleihung des Titels „Hofrat", 1884 durch Beförderung zum „Geheimen Hofrat" u. s. w. An allen wichtigen Beschlüssen des Lehrkörpers, welche die Organisation des Unterrichts und die Verfassung der Hochschule betrafen, nahm Knop einen regen Anteil. Zum Direktor wurde er für das Studienjahr 1874/75 gewählt. Sein Wirkungskreis erweiterte sich im April 1878, indem ihm nach dem Tode des Geheimen Hofrats Dr. Seubert die Vorstandschaft des Großherzoglichen Naturalienkabinetts übertragen wurde, und ihm die Aufgabe erwuchs, die reichen Naturschätze in den stattlichen Sälen des Neubaues der vereinigten Sammlungen in neuer systematischer Ordnung aufzustellen. Gern zeigte er die Sammlung den ihn besuchenden Fachgenossen und durfte sich ihrer uneingeschränkten Anerkennung erfreuen. Seine Lehrtätigkeit entfaltete sich glänzend an seinen wissenschaftlich einbringenden und lebendig schildernden Vorträgen, die durch die Ausbrüche eines unerschöpflichen Humors gewürzt wurden. Seine wissenschaftliche Richtung war vorwiegend die kristallographisch-chemische, und er entwickelte in dem mineralogischen Laboratorium eine ergebnisreiche Tätigkeit in der Untersuchung der Ausbeute seiner Exkursionen und in der theoretischen und praktischen Heranbildung seiner Schüler. Von seiner literarischen Tätigkeit sind außer einer großen Anzahl von Abhandlungen hauptsächlich zu nennen das „System der Anorganographie" 1876 und „Der Kaiserstuhl im Breisgau" 1892. Letztere große Studie, das Zusammenfassen der Ergebnisse vieljähriger Arbeit, sollte die Festgabe der Technischen Hochschule zum Jubiläum der 40jährigen Regierung Großherzog Friedrichs begleiten und erschien noch in demselben Jahre. Auch an der naturwissenschaftlichen Vereinstätigkeit beteiligte sich Knop eifrig, besonders an dem Naturwissenschaftlichen Verein in Karlsruhe und an bem Oberrheinifchen Geologifchen Verein, welch letzterer feine Entftehung im Jahre 1871 ihm mit verbankt. Im Jahre 1885 entfandte ihn die Großherzogliche Regierung zum internationalen Geologenkongreß nach Berlin. Mehrfache wichtige Aufträge, welche ihm Großherzog Friedrich unmittelbar erteilte, fo die Unterfuchung der Mineralquellen von Baden-Baden, bekunden das ehrende Vertrauen, deffen er fich bei feinem Landesherrn erfreute. Ein eifriges Mitglied des Karlsruher Männerhilfsvereins, hatte Knop während der Belagerung von Straßburg (1870) auf der Verband- und Erfrifchungsftation Brumat Gelegenheit gefunden, eine außerordentlich verdienftliche Tätigkeit zu entfalten. — In Chemnitz hatte Knop im Juli 1856 kurz vor feiner Überfiedelung nach Gießen fich mit Agnes Rompano verheiratet. Aus glücklicher Ehe entfproßten zwei Töchter und ein Sohn. Sein inniges Familienleben erfuhr erft eine betrübende Störung durch den jähen Tod feiner älteren hochbegabten, im blühenden Mädchenalter ftehenden Tochter, dann durch den Verluft des Gatten feiner zweiten Tochter. Nach 44jähriger Lehrtätigkeit, davon die letzten 27 Jahre in Karlsruhe, konnte Knop im Gefühle eines Übels, welches feine Lebenskraft fchwächte, fein Lehramt nur noch mit Anftrengung weiterführen. Dies nötigte ihn, im Winterfemefter 1893/94 einen Stellvertreter anzunehmen und um feine Zuruhefetzung nachzufuchen. Noch hoffte er auf einen ruhigen, freundlichen Lebensabend im Kreife der Seinigen, eine Hoffnung, welche fich nicht erfüllen follte. Seinem rafch zunehmenden Leiden erlag er am 27. Dezember 1893. Bei feinen Kollegen und Freunden hat er fich durch feine wiffenfchaftlichen Leiftungen, durch fein ideales Streben, welches von einer fittlichen und vaterländifchen Gefinnung getragen war, durch feine liebenswürdige, mit wohltätigem Humor erfüllte Umgangsweife und durch feine Treue in der Freundfchaft ein bleibendes Andenken gefichert. (Karlsruher Zeitung vom 1. Januar 1894.)